新潮文庫

ふむふむ

—おしえて、お仕事!—

三浦しをん著

JN150545

新潮社版

10237

ふむふむ　おしえて、お仕事！　ふ　目次

ふむふむしたい　まえがきにかえて　9
靴職人　中村民　15
ビール職人　真野由利香　35
染織家　清水繭子　55
活版技師　大石薫　75
女流義太夫三味線　鶴澤寛也　95
漫画アシスタント　萩原優子　115

フラワーデザイナー　田中真紀代　135
コーディネーター　オカマイ　157
動物園飼育係　髙橋誠子　179
大学研究員　中谷友紀　201
フィギュア企画開発　澤山みを　223
現場監督　亀田真加　243
ウエイトリフティング選手　松本萌波　265

お土産屋　小松安友子　コーカン智子　287
編集者　国田昌子　309
ふむふむしたら　あとがきにかえて　331
ふむふむはつづく　文庫版あとがき　337
解説　髙橋秀実

中扉文字　大石薫（朗文堂アダナ・プレス倶楽部）
〈活字版印刷清刷〉

三浦しをん

ふむふむ

おしえて、お仕事！

ふむふむしたい　まえがきにかえて

本書はインタビュー集である。「女性の職人さん、芸人さんにお話しをうかがいたい」と思って連載をはじめたのだが、二回目にして早くも会社員のかたにインタビューしている。奔放に主旨からはずれていくのは、いつものことだ。

ただ、さまざまなかたにお話しをうかがうにつれ、世の中に「会社員」という職業はないのではないか、という気がしてきた。会社で働いていても、その業務内容は千差万別であり、各人が自分の持ち味や経験や知識や技術を活《い》かして仕事にあたっている。

そこで、連載中に主旨をさりげなく変更した。「特殊技能を活かして仕事をしている女性にお話しをうかがいたい」。これで、働く女性すべてがインタビューの対象に含まれることになった。ばっちりだ。「主旨を変更したら、それもうちがう連載なんじゃ……」というツッコミが我が喉《のど》もとまでこみあげるも、ぐっと飲みくだす。

「なんで男性には話を聞かんのだ」とお怒りの紳士淑女もおられるかもしれないが、私もほら、いちおうは女なので、「ほかの女性はどういう仕事をし、そこからなにを感じているのか」を知りたかったのだ。好奇心を優先したつくりで、あいすまぬことです。本書に登場する職業も、私が好奇心の赴《おもむ》くままに白羽の矢を立てたものなので、ややかたよりがあるかもしれません。

タイトルの「ふむふむ」は、いろんな職業についてお話しをうかがい、「ふむふむ」と興味をもって相槌《あいづち》を打つ。ときには「ふむふむ」と納得する。そんな意をこめてつけた。いや、命名の一番大きな理由は、「雑誌『yomyom』の創刊号からはじまる連載だったため」なのだが。脚韻を踏んでみたのだ。「そのうち編集部も、どっちがどっちだか頭が混乱してきて、雑誌の名前自体が『fumfum』になるかもしれないしな。そうなったら連載タイトルは『しめしめ』に変更だ」などと、腹黒い皮算用もしていたのだ。「連載タイトルを変更したら、それもうちがう連載なんじゃ……」というツッコミ（以下略）。

十五回の連載中、常に取材に同行してくださったのは、「yomyom」編集部の楠瀬啓之さんと新潮社写真部の坪田充晃さんだ。単行本担当の田中範央さんも、数回を除いて同行してくださっている。「ふむふむ」取材班のひととなりを紹介しよう。楠瀬さんは、断食道場《だんじき》で輪郭を引き締めて戻ってきたとたん、私を見てなにやら勝ち誇ったような表情を浮かべた。坪田さんは、正月休みを終えると恒例のように輪郭をやや膨張させており、「三浦さん、断食道場の取材はないんですか。同行しますよ」と持ちかけてくる（しかしそう言っておきながら、いつも自力で輪郭をもとに戻す）。田中さんは、飲みの締めに必ず飯粒を所望するわりに痩《や》せ型なので、我らの贅肉《ぜいにく》談義には加わらず、勝ち誇ったように高みの見物を決めこむ。なぜ勝ち誇ったような編集者ばかりが担当なんだろうと嘆く私は、連載のあいだにとてもひとには言えないほど体重が増加し、本書の写真を選ぶ際、必然的に「我が贅肉、その繁栄の軌跡」を目の当《ま》たり《あ》にするはめに陥《おちい》った。以上、「肉を通して見るひととなり（？）」でした。

必要に応じ、速記のかたに入っていただいた場合もある。こうして取材した内容を、まずは楠瀬さんがおおまかな流れとしてまとめ、それをもとに私が構成しなおす、という形を取った。もちろん、文責は私にある。至らぬ点もあろうかと思うが、それは私の力不足だ。

職業って、仕事って、なんなのだろう。十五種類の職業について、十六人にお話しをうかがったが、それぞれのかたに固有の物語があり、うかがえばうかがうほどわからなくなっていった。

　ひとつだけ言えるのは、どんな職業にも苦しみと喜びがある、ということだ。無職も当然、無職としての苦しみと喜びがあるので、職業のうちだ。つまり、生きて生活しているひとはほとんど全員、仕事に起因する苦しみと喜びのなかにいる、と言うことができるだろう。まだ自分でお金を稼いだことがないチビッコにしても、仕事への夢や希望を抱いたり、仕事をしなきゃ食べていけない将来への、漠とした不安を覚えたりすることがあるはずだ。

　生きることはなんらかの仕事につながっており、職業はそのひとの本質の部分となんらかの形でつながっている。

　インタビューした十六人は、当然ながら、来歴も仕事の内容もそれぞれちがう。共通するのは、自分の職業に対する熱意と、なんだかちょっと変わっていて愉快なひとだ、ということだろう。個人的には、安易な個性礼賛《らいさん》には同意しかねるのだが、「わざわざ礼賛などしなくても、ひとはみないい意味で『変人』である」と改めて確信できた気がする。真に個性派を目指したいなら、むしろ「凡庸《ぼんよう》」を心がけねばならないということだ。でも、「凡庸」ってどこにあるのだろう。全人類が変人なのだとしたら、変人であることこそが凡庸なのだとも言えるではないか。

変人ぞろいだからこそ、世の中には多種多様な職業があり、たとえ同じ職業に就いていても、仕事に対する取り組みかたや考えかたが各人ごとにちがってくる。「個性」とか「自分にしかできない仕事」をあえて追求しなくても、べつに全然大丈夫なんじゃなかろうか。

「そのままのきみがいい」と言いたいのでは決してない。そういう「思考停止系自分全肯定」説法は、反吐《へど》が出るほど嫌いだ。「いい」「悪い」じゃなく、太陽が東から昇って西に沈むように、ひとはフッーに変人なんだ、ってことだ。そういうふうにできてるんだから、「個性」や「自分にしかできない仕事」についてくよくよ悩むのはよそうぜ、ってことだ。こう書くとまた、「自然体が一番」的な主張に見えてきて、くそう、そうじゃないのに。そんな説法、反吐が出るほど嫌いなのに。

ことほどさように、職業や仕事についての考えを述べるのは難しい。これもたぶん、「会社員」とか「職人」といった肩書きではくくれないほど、職業や仕事の内実とは多岐にわたるものだからであり、そのひとつひとつが、一人の人間の生活や性格や思考といった人生そのものと密接にかかわっているからだろう。「こうではないか」と考えを述べたとたんに、多様で柔軟だったはずの職業や仕事は枠にはめられ、ちんけな標語のようなものに堕《だ》してしまう。その職業に邁進《まいしん》する変人たちを、「模範的な個性派」という安易でつまらない存在であるかのように見誤り、魅力を大幅に減じさせてしまう。

そこで、なるべく肩肘《かたひじ》張らず、「ふむふむ」と相槌を打つ姿勢を維持するよう心がけた。驚きや感動により、相槌の声がうわずっちゃってるのがほの見える箇所も多々あるが……。

身近なひとの話を「ふむふむ」と気軽に楽しく聞くように、本書をお読みになっていただければ幸いです。もし、「こういう職業があるんだなあ」とか「こういう魅力的なひとがいるんだなあ」という発見があれば、そしてまた、「苦しいことも多いけど、喜びもたしかにある」とご自身の仕事に対して改めて希望を抱いていただければ、これ以上の喜びはない。

年齢や肩書など、本文中の内容はインタビュー当時のものである。
インタビューの年月は、各章の「扉」に記載した。
文庫化に際し、扉裏のプロフィール、各章末の情報を適宜更新した。

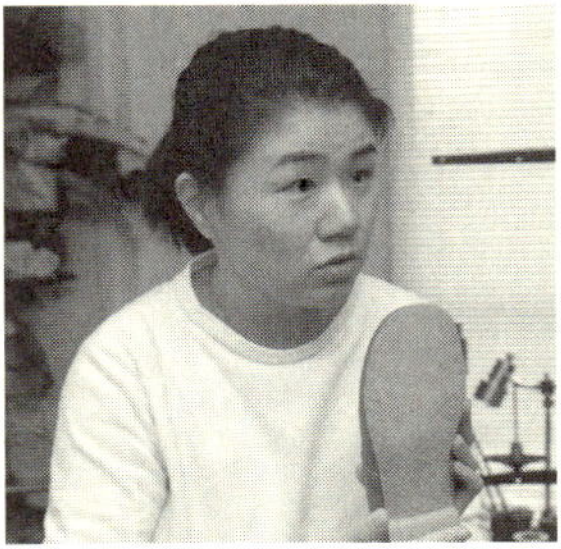

靴職人　中村民

三十六歳　二〇〇六年十一月

中村民（なかむら・たみ）
一九七〇年大阪府生まれ、石川県金沢市育ち。
二〇〇五年「shop nakamura」をオープン。
「シンプルで、履きやすく、丈夫な靴」をコンセプトに、ユニセックスでカジュアルな靴を作っている。

なにごとも最初が肝心だ。

どういう職業のかたにお話しをうかがうか、編集者と慎重に打ち合わせを重ねた。新潮社だけに慎重？　まあいい。そういうオヤジギャグはどうでもいい。

やっぱり初回は、「私たちにとって身近」で、「目に見える具体的な物体」を、「自分の手で作っているひと」がいいのではないか、ということになる。つまり、職人さんだ。では、「身近で具体的な物体」ってなんなのか、さらなる慎重な打ち合わせが重ねられた。新潮社だけに……、それはもういい。「家具」とか「陶器」とか「鞄《かばん》」とか、いろいろな案が出た。しかし私は、靴が好きだ。「イメルダ夫人」と一部で呼ばれているほどだ。嘘《うそ》だ。イメルダ夫人ほど靴を持っていないし、未婚なので夫人じゃない。だが、靴が好きなのは本当だ。

初回は、靴職人の女性にお話しをうかがおう。そう決めて、探し当てたのが「shop nakamura」だった。

「shop nakamura」は、もとは印刷工場だった古いビルの二階にあった。売り場と作業場が一体になっている。棚に並んだ靴を作ったひとが、すぐそこにいるというわけだ。機能的ながらオシャレな空間に、「ううっ。もしや私、場ちがいか？」とひるむも、出迎えてくださった中村民さんが非常に気さくなかたで、すぐに緊張が解けた。

なにより、店内にある靴がどれもすばらしい！　欲しいー、あれもこれも欲しいー。体内で暴れる物欲の鬼をなだめつつ、中村さんに質問開始だ。

三浦　中村さんは何時から働いていますか？

中村　朝六時半に起きて、九時には仕事をはじめ、午後一時に店を開けて、七時には閉めます。製造業ペースですね。午前中に集中してグッと力を出して、午後はゆるやかに、という感じです。

三浦　となると、夜は早く寝るんですか。

中村　十一時になると、わ、もう寝なきゃと思いますね。体調管理が一番なんで、夜遊びできなくなりました。靴を作るときのテンションを一定に保たないといけないんですが、二日酔いとか寝不足とかになると、ふだんのテンションにもっていくのに時間がかかっちゃうから。

三浦　耳が痛いです。私などは今日も壮絶な二日酔いで……。ところで、毎日履いていて、とても好きなものなのに、自分が靴についてまったく無知だと気づきました。靴づくりのおおまかな工程を教えてください。

中村　いま、靴というのは分業制になってます。「抜き屋さん」が革をプレスで型抜きして、アタマとも呼ぶ甲の部分は「製甲屋さん」が作り、底は「底づけ屋さん」がつける。うちみたいに完全に自家生産でやっているところはあまりないと思います。たとえば、デパートで一万八千六百円で売っている靴を、メーカーは昔ながらの靴問屋を通して三十五パーセントで卸《おろ》すわけです。人件費を抑えるために、いかに中国でいい工場を見つけるか、という勝負になっています。中国だって人件費が上がってきたし、靴メーカーは苦戦中ですよね。

三浦　そういう世界に、中村さんが入ったきっかけはなんですか？

中村　私は美大で染色が専攻だったんですが、靴も好きで、一度は企業デザイナーもやらなきゃと思って、靴メーカーで絵を描いていました。いわゆる企画とデザインです。夫は大学卒業後、専門学校に行きなおして、洋服に憧《あこが》れがあったそうですが途中で靴に鞍替《くらが》えして、登山靴のメーカーに入りました。大学出の靴職人は珍しかったので、かわいがってもらえたそうです。彼の独立に伴って私もメーカーを辞めて、最初は受注と卸《おろし》の専門で、自宅で「nakamura」をはじめたんです。ああ、そのまえに職業訓練学校で靴づくりの基礎を学びました。

三浦　靴づくりの先生って、やっぱり職人さんなんですか？

中村　そこは都の施設なので、生徒は年に二十人いたし、靴をかじった先生もいる、という感じですかね。いまは靴教室ばやりで、服飾関係の学校が靴のクラスも作っているようですが。衰退している産業にそんなに若手を入れてどうするの、って思いますけどね。

三浦　職人さんの世界は、「技術は目で盗むもの」というイメージがありますが、実際のところはどうですか。

中村　いや、私たち、いまでも職人のおじさんに聞きますよ。現役の靴職人って、若くても六十代なんです。金の卵と呼ばれて集団就職してきた世代です。福島出身が多いのかな。製造業はなんでもそうですが、自分の子どもには大学出てきちんとサラリーマンになってほしくて、気がつけば後継者がいない。そこへ私たちが話を聞きにいくわけですから、たくさん教えてくれますよ。

三浦　飛んで火に入るというか、「待ってました！」状態なんですね。

中村　「いっぺんにそこまで教わっても困るんだけど」ってあたりまで、みっちり教えてくれます。趣味は日曜の競馬、それも知りあいに頼んで、浅草のウインズで千円だけ馬券買ってもらう、みたいな師匠ですけど、技と知識はすごいですよ。

三浦　靴づくりの最初は当然、デザインからですよね。

中村　そうです。うちの場合は、夫が広告の紙の裏なんかに、「こんなの作りたいんだけどなあ」って雑なスケッチを描くところからはじまります。それをもとに、私が型紙を切ってアイディアを詰めていくんです。「これで行こう」となったら、夫の従妹《いとこ》と私が、店の作業場で手作業で型抜きをして革を切り、夫が家でそれを木型にかけて立体にし、底を作っていきます。

三浦　工程で一番気持ちいいときって、どの瞬間ですか？

中村　一枚の大きな革——たとえば牛革は半身で売られるので、牛半頭ぶんの革から、靴の各部分の形に型抜きしていきます。ここで無駄なく、きれいに型が取れたときが快感ですね。

中村さんが作業台に牛の革を広げてくれた。靴の各部位が、整然と、かつびっしりと描きこまれている。これらを切り抜いて縫いあわせ、立体的な靴にする。

三浦　わあ、ジグソーパズルみたいだ。

中村　まさにそれです。動物の革って、お尻《しり》のところが一番なめらかできれいなんです。ここからは靴のアタマを取りたい。一方、首はよく運動するからトラが出ている（皺《しわ》が寄っている）。こういうところや、「エンパチ（革のはしっこ）」は、靴の見えない部分や、店の展示用にまわします。洋服でも靴でも、店頭のサンプルのほうがピカピカしていて、買って帰って家で箱から出したほうがイマイチって、いやなものですからね。型抜きがうまくできると、「よっしゃあ！」と。下手にやると、夫が「あ、こんなに革を余らせて！」なんて。

三浦　だんなさまのほうが器用なんですか？

中村　それが不器用なんです。よく靴職人ができるな、と自分で言うくらい。

三浦　ああ、でも不器用なほうが、技術の習得にはいいかもしれないですね。

中村　そうなんです。ちょっとなにかができるようになると、うれしいんですね。そ

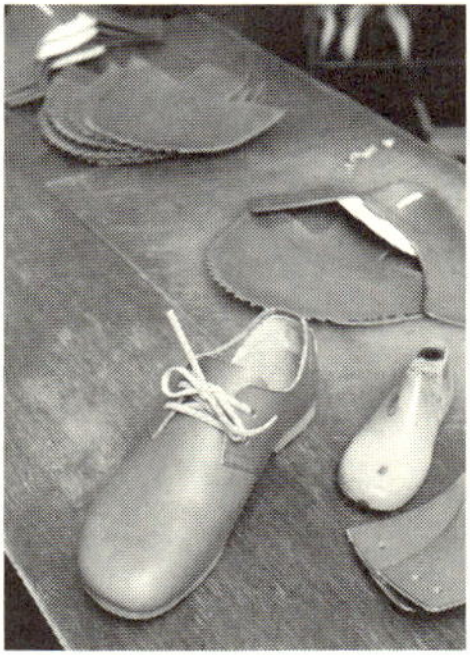

かわいい！
しっかりしたつくりなのに、
パンみたいにおいしそうでもある。
じゅるり。

牛革（半身）から、靴の各部分の形に型抜きしているところ。ふむふむ……。

オシャレだが質実剛健なムードも漂う店内。
物欲との戦いであります。

うすると張り合いが出てくる。夫が登山靴屋で会ったすごく器用な子は、なんでもすぐにできるから、飽きて辞めていっちゃったって。

三浦　不器用でも悲観することはないと。

中村　まったくないです。職人仕事は執着心があればできますね。いま、メーカーが潰《つぶ》れたりしているんで、ミシンも漉《す》き機（革を張り合わせるところを薄く漉く機械）も圧縮機（底をつけるときに使う）も、中古でいくらでもありますから、元手もそんなにはいりません。まあ、どうやったってこの商売、大金持ちにはなれませんが、大きな家が欲しいわけじゃないし。思い出しましたけど、この近くに「パリットフワット」っていう、無農薬にこだわりながらもおいしいパン屋さんがあるんです。そこのパン、若干高めなんですよ。最初に行ったとき、夫が会社を辞めた直後でしたから、一九九八、九年かな。百五十円のパンを二つ買うのに、けっこう悩んだ記憶があるんです。このまえ、値段を気にせず買ってる自分を発見して、うれしかった。六千円も買ってた。

三浦　一回に買うパンの量として、それはいくらなんでも多すぎる気がしますが……。

中村　友人に送るぶんも含めてです（笑）。

ここでついに、抑えこんでいた我が物欲の鬼が爆発。耐えきれずに取材を中断し、お店にある靴をあれこれと試させていただく。革製のビーチサンダルが欲しいと、お店に入った瞬間から狙《ねら》っていたのだ。自分の目がギラギラと欲望に輝いているのを感じる。

ビーチサンダルは靴底部分が山なりになっていて、土踏まずを優しくサポート。これはいい！　購入を決意。もはや取材で訪れたということを完全に忘れている。中村さんが、丁寧にサイズやフィット感を確認してくださった。革の色を好みでオーダーできるし、鼻緒の位置なども微調整してもらえる。

三浦　ふう（物欲の鬼はひとまず満足した）。しばらくはご自宅で受注と卸をやっていらしたとのことですが、いよいよこのお店をオープンなさったのはいつですか？

中村　二〇〇五年の三月三日です。足立区に住んでいるので、おいしいものを食べにとか、日暮里《にっぽり》からこの近辺（谷中《やなか》）に来ることが多かったのですが、ある日偶然ビルを見つけました。一階も空いていましたが、路面店はいやだったので二階を借りました。もとは印刷工場で、この部屋は紙のストック・ルームだったそうです。それを自分でペンキ塗りなおして。
三浦　路面店がいや、というのは、なぜですか。
中村　お客さんがなんとなく入ってきて、サイズがちがう靴でも無理やりに足を入れたりするでしょう？
三浦　気軽に入ってサッと買うのではなく、ワン・クッション置きたい、ということですね。
中村　靴は履かれてナンボで、芸術作品を作ってるつもりは毛頭ないんです。でも、店員に勧められるまま買ったけど履きたくない、店ではかっこよく見えたけど実際には履きにくい、っていうのは、いやじゃないですか。靴の選びかたって千差万別で、単にサイズや履き心地だけじゃない。たとえば男性のかたで、「体が小さいので靴は大きくしたい」と思ってるひともいます。はっきりとはおっしゃらなくても、そう考えてるんだなあとわかれば、お客さんの好みに合わせて靴を勧めます。お客さんの履いたときの気持ちより、私たちの靴のほうが大事なわけではないんですから。「お客さまは神さまです」的接客はしないようにしていますが、億劫《おっくう》がらずにきちんと意見や要望を言ってくれたほうが、こちらのレベルアップにもなるんです。私たちの技術も全然まだまだなんで。

三浦　靴を作りつつお店をやって、お客さんにじかに売る良さって、そういうところにあるんですね。直接声が聞こえて、技の向上につながる。

中村　そう。生でお客さんの足を見るだけでも、発見がありますもん。若いひとたち、本当に足が細くなってますよ。幅も狭いし、かかとも細い。日本人はもともとかかとが細いですけどね。狩猟民族とはかかとがちがうみたいで、イタリアの靴がまんま合うひと、少ないですよ。うちに来たフランス人の女性が試し履きして、「爪先《つまさき》はいいけど、かかとがきつい」って。それと、女性は体の変化で足の形も変わりますね。かかとでいうと、閉経後に痩《や》せるんです。太めのおばさんでも、かかとだけ細くなる。女性って、十年まえに買った靴が履けないんですよ。

三浦　服はよっぽどサイズちがいじゃないかぎり、痛くて着られないということはないけれど、靴は少しでも合わないと悲惨なことになりますもんね。

中村　でも、じゃあペッタンコの靴履けばいい、というのもさびしいじゃないですか。いくつになっても、「こういう靴が好き」っていうのはあるはずだし、ゆくゆくはそこに応じていきたいんですよ。

三浦　そのへんも、靴の作り手と売り手がしっかり連携していないと、なかなかわからない部分なんでしょうね。中村さんの場合は、お一人で両方をやっているから、強みですね。

中村　年を取ったかただけじゃなくて、脳卒中で倒れて片手片足がマヒしているけれど、おしゃれな靴を履きたいときどうするか。杖《つえ》ついて、ここにおいでになったかたがいましたが、履きやすい靴なら少し手を添えてあげれば、いけるんです。あとはブレないように内側の芯《しん》を硬くしてあげるとかすれば、大丈夫でした。若いかたでも、出産後に股関節《こかんせつ》を痛めるひとがいっぱいいるんです。腰の右側にボルト入ってます、とか。その場合は靴の底の厚さを左右で調整します。

三浦　足の不自由なかたが靴をどう考えているかって、恥ずかしながら私は思いめぐらしてみたことすらありませんでした……。

中村　将来は二本柱でやりたいんです。一つは、洋服が好きなかたに合うシンプルな靴。もう一つは、足が弱ったひと、足に障害を持ったひとのための靴づくり。そういうひとたちに向けた靴って、いまもあることはあります。だけどファッションもデザインも捨ててきたような靴しかないんですね。これをどうにかしたい。そのためには技術力をもっと磨かなきゃいけない。これ、いいことをするために、って意識じゃないんです。武器をいっぱい身につける喜び、みたいな感覚です。これもできるようになったか、おもしろくなってきたぞ、みたいな。そのうえで、それがひとの喜ぶことにつながればいいんです。

三浦　ひとを観察し、腕とセンスを磨いて、作るもののハードルを上げていく。そのさきにお客さんの喜びがあるというのは、ものを作る甲斐《かい》がありますね。

中村　私がいま三十六歳で、夫が今度四十になるんです。二人で、仕事のピークを五十代にもっていけたらいいね、って話してます。そのためには当面、ありきたりの言いかただけど、走りつづけるしかないよね、と。

三浦　そのお客さんだけの靴、フルオーダーの一点ものをやりたいとは思われませんか？

中村　ものづくりって、ものの美しさを極める方向と、使い勝手を極める道とがあるように思うんです。靴でいえば、ミシンの縫い目をきれいにとか、まえのカーブを美しくとか。うちがそれをやりはじめると、とっちらかっちゃうと思うんです。

三浦　宝石のような靴、「履くのがもったいないぜ」みたいな靴を作る方向には行かない、ということですね。

中村　ああいう靴は靴で、もちろん否定しないけれど、自分が作りたいものじゃないなと。靴のタイプは、ごくおおまかに分類すると三つになるんです。イギリスの靴のようなトラッド重視か、イタリアのようなフェロモン系か、ドイツのような機能性追求かの三つ。私も夫もドイツ派なんです。そしてユニセックス。ギャルソン着て、コンフォート履いてるよね、というファッションの系統です。

三浦　最初からドイツ派だという志向をもって修業されて、お店ができたときからその方向で行こう、と決めてらっしゃいましたか？

中村　はい。靴を作ってる同世代の子を見ても、三つのタイプのどれかを目指してますね。もちろん、なかには天才肌の子もいますけど、そういうひとだってトラッドを押さえつつ、ですからね。

三浦　中村さんにいろいろ教えてくださる職人さんも、ドイツ派なんですか？

中村　いや、「ドイツ？　おら知らねー」って師匠です。

三浦　はは、「ひたすら縫うだ、縫うだ！」と。要は基本を押さえれば、あとは何派であれ、自分で伸ばしていけるんですね。

中村　小説を書くのもそうじゃないですか？

三浦　まったくそのとおりだと思います。

中村　若い子たちを見てると、自分の作りたいものがはっきり見えてないんですよ。イギリス風を極めたいけどイタリアの感覚も取り入れたい――それじゃあ身につかないですよ。考えるまでもなく、これしかない、自分はこれを作りたいんだ、というものにたどりつかないと、ものは作れないんじゃないかな。

三浦 いまは基本的に個人作業だと思いますが、子どものころ、団体生活には順応していましたか？

中村 いい子ちゃんでしたから、得意なふりはしてましたよ。学級委員をやるタイプでで、むしろ協調性のない子が嫌いでした。その実、ひととちがっていたいタイプでしたが。チェッカーズ全盛でみんな聴いてましたけど、私だけ洋楽、日本のはせいぜい大瀧詠一《おおたきえいいち》よ、という嫌味な趣味で。

三浦 はいはい（笑）。

中村 我流の洋裁は好きで、写真を見るとフードに耳つけたやつとか、おそろしいものを着てましたよ。ピアスも指輪もたくさんつけてたし、金髪にしてたころもあったし。一種の鎧《よろい》ですね。それがいまでは化粧もほとんどせず……。こんな私じゃなかったんですがねー。

三浦 いやあ、私も面倒くさくて、ほとんど化粧しませんねー。って、そんなことを自慢してどうする。今日お会いしてホッとしたのは、変な言いかたになりますが、中村さんが暮らしの心地よさを考えつつも、「オシャレ雑誌系」ではなかったことです。

中村 うん！ 私、地方から出てきたんで、わりとガッツ系なんですよ。オシャレ雑読みたいな世界は好きなんですけどねー。どうも相容《あいい》れないところがあって。

三浦　ああはなりきれないですね。

中村　まあ、この仕事をはじめて、もう生活は捨ててますからね。店はお客さんに対してのメッセージの部分があるので、きちんとするようにしていますが、家なんかもう……。

三浦　うちも惨状を呈しております。

中村　でしょう？　両方できるなんて嘘っぱちですよ。

三浦　ものづくりを極めようとしたら、家はちらかる、と。安堵《あんど》いたしました。

安堵せずに掃除しろ。またも壮絶な二日酔いで昼過ぎに目覚め、自室を見渡し反省した。

規則正しい生活を送り、靴づくりに全力を傾注しておられる中村さんと、グータラな私とでは、部屋のちらかりのレベルと質がちがう。ご自身の腕に対する自負と、それでもまだまだ技術を磨いていこうとする真摯《しんし》な姿勢に、脱帽ならぬ脱靴だ。いやいや、せっかく靴のことを少し知ったのに、脱いでどうする。

ふだん使っているすべてのものに作り手が存在し、それぞれの作り手に日常とものづくりへの思いがある。中村さんのお話しをうかがって、自分のなかで靴への愛が増した。
さあ、次なる「ふむふむ」を探し、気の向くままに歩いていこう。もちろん、買ったばかりの「shop nakamura」の靴を履いて。

「shop nakamura」は取材時には谷中にありましたが、二〇一一年三月、足立区に移転しました。物欲の鬼と化す覚悟を決めて、ぜひ新店舗へどうぞ！

「shop nakamura」
東京都足立区江北四―五―四 二F　03・3898・1581
http://www.nakamurashoes.com/

ビール職人　真野由利香

三十一歳　二〇〇七年一月

真野由利香（まの・ゆりか）

一九七五年石川県生まれ。

大阪大学大学院基礎工学研究科を卒業。

二〇〇〇年サントリー株式会社入社。

ビール事業部商品開発研究部を経て、現在はサントリースピリッツ株式会社商品開発研究部に勤務。

組織のなかにも職人さんはいるはずだ。

そう考え、サントリー武蔵野《むさしの》ビール工場にお邪魔した。広い敷地を有するこの工場では、おいしいビールが日々生産されている。なぜビール工場なのかって？　ビールが好きだからだ！　あわよくば試飲できないかなあなんて、いやいや、なんでもない。

ビール工場と同じ敷地内にある、「ビール事業部商品開発研究部」の真野由利香さんにお話しをうかがった。真野さんは、新しい商品の開発と、現在流通している商品の市場品質の管理と向上に、鋭い舌と豊富な知識で取り組んでいる。

三浦　真野さんの大学での専攻は、やはり醸造とか、そういう分野だったんですか？

真野　いえ、化学工学でした。

三浦　それはどういう研究なんでしょうか。

真野　いかに効率のよいプロセス、というか設備や工場を作るかというようなことを考えます。たとえば、エネルギーや水といったものの流れを研究したり、そのエネルギーを有効に使うにはどうしたらいいかとか……。

三浦　なるほど（と言いつつ、もちろん全然わかってない）。卒業して、お酒の会社に勤めるひとは多いんですか。

真野　エンジニアリングとか化学会社、製薬会社に勤めるケースが多いかな。私も、最初はエンジニアとしてサントリーに採用されたんです。食品会社を志望したのは、世の中に食べ物の需要はなくならないから、会社が潰《つぶ》れることもないだろうと。

三浦　エンジニアとしてのお仕事というのは、どういうものだったんですか？

真野　二〇〇〇年に入社して、利根川《とねがわ》ビール工場でエンジニアリング部門に就きました。うちの会社では初の、工場勤務の女性エンジニアだったそうです。仕事は、工場の設備の点検や、新しい設備の導入です。そのときの工場長が、「エンジニアもビールの味を知っていないと、ビール工場でいい仕事はできない」という考えを持ったかたで、私たちエンジニアも醸造部門のスタッフと一緒に、毎日官能検査をするようになったんです。

三浦　えっ、「かんのう」？　団鬼六《だんおにろく》さん的官能じゃないですよね。
真野　いえ、その字です。ビールのテイスティングのことです。チェックシートがあって、それにビールサンプルの香味の特徴を書きこんでいくんです。空腹時の舌が一番敏感なので、お昼まえに味を見ます。
三浦　まわっちゃいそうですね。たとえばソムリエは、ワインを舌でころがしてペッと吐きだしたりしていますが、ビールだとそうもいかないんじゃないですか。
真野　ビールの官能検査は喉《のど》ごしもチェックするんで、やっぱり飲まないといけないです。少し顔が赤くなるひともいますね。
三浦　真野さんは平気そうですね……。
真野　まあ割合。ふふふ。
三浦　ふふふ。ちなみに、どのくらい飲めるんですか？
真野　人並みです（笑）。
三浦　便利な答えですね（笑）。官能検査をするひとには、なにか制約がありますか？　禁煙とか。
真野　ヘビースモーカーのかたもいますが、官能検査能力テストに合格する必要があります。また、官能のまえは煙草《たばこ》はもちろん、コーヒーや飴《あめ》、刺激物は摂《と》らないように決められています。

三浦　官能のまえ（むふふ、となる私）。

真野　（笑顔で話をさきに進める真野さん）そうこうしているうちに、五年まえ、この工場に異動になったんです。ここは会社で一番古いビール工場ですから、設備のリニューアルでもやるのかなと勝手に思っていたら、醸造、つまりビールそのもののつくりこみをする部署に配属になり、さらに一年半後に商品担当（既存ブランドのケア）や開発担当のほうをやれ、と。それって、ものづくり、クリエーション部門じゃないですか。機械を扱うのも大変なのに、ひとの心を満足させる仕事なんてと、はじめは戸惑いました。

三浦　開発というのは、ビールの新商品をつくっていくことですよね。

真野　ええ。これまでに、ビールテイスト飲料の「ファインブリュー」、新ジャンルの「キレ味［生］」（いずれも、現在は販売終了）、「ジョッキ生」の開発担当をやってきました。つくりかたの複雑な商品がなぜか多いですね。

三浦　エンジニア出身のビール開発者って、けっこういらっしゃるんですか？

真野　そんなに多くはないですね。ほんとに、私はなんでここにいるんでしょう……。

と、真野さんはしみじみおっしゃるのだった。新商品を着実に開発なさっているというのに、謙虚なかただ。

真野さんの戸惑いをよそに、異動は会社にとって有益だった。エンジニアとしての能力がありつつ、味覚と発想力にもすぐれた真野さんは、新商品の開発において得がたい存在なのである。

三浦　官能検査は、当然いまもやってらっしゃるんですよね。

真野　ええ。自分の感度を一定にしておかないといけないので、毎日のようにやっています。他社製品との飲み比べもしますし。

三浦　あのー、目隠し《ブラインド》しても、どれがどこの会社のなんというビールなのかというのは、わかるものですか？

真野　当てっこするわけじゃないんですけど、だいたいわかりますね。同じ銘柄でもつくった工場までわかってきますよ。

三浦　えぇーっ！「ＴＶチャンピオン」に出場したら、優勝できますね！

真野　まあ仕事ですもん（笑）。

いやはや、さすがである。「おいしいなー」と漫然とビールを飲んでいたのが、なんだか恥ずかしくなってきた。

工場の見学ルートの展示パネルをもとに、いよいよ具体的にビールづくりの過程を教えていただく。

真野　うちは、すべてのビール工場の仕込工程に天然水を使っていて、地中深くから深層地下水を汲《く》みあげています。麦芽は、「ザ・プレミアム・モルツ」を例にすると、二条大麦を使用します。麦芽がビールの旨味《うまみ》やコクのもとになります。旨味成分をきちんと引きだすのが重要で、麦汁《ばくじゅう》を流す配管をゆるやかに曲げるなど、やさしく扱うように注意したりもしています。以前に私がエンジニアとしてやっていたのは、この配管設備の設計などですね。麦汁の煮沸中に、ホップを投入します。ホップで香り、苦味、そして泡もちをよくします。ホップの花粉のように見える黄色い樹脂の粒が、ビールの苦味になるんですよ。

三浦　……ちょっと待ってください。ホップって植物だったんですか！

真野　なんだと思ってましたか？

三浦　いや、えーと、入れるとビールが元気になる菌かなにかかなー、なんて。

真野　ちがいます（笑）。毬花《きゅうか》をつけるアサ科の植物です。ホップを入れた麦汁に酵母を入れると、酵母が糖分を食べて、アルコールと炭酸ガスを生むことになります。この酵母の働きをどこで止めるか、それを二十四時間体制で見守りますから、係の技師は土日も詰めることになります。最初にビールになった段階のものを「若ビール」と呼びますが、まだ荒々しい味のものです。これを０℃前後のタンクで「貯酒」し、熟成させて、味を調《ととの》えます。雑味がつかないように、タンクの洗浄も欠かせません。もちろん機械で完全に洗浄するのが常ですが、特例として、新人研修では空《から》のタンクに入れられ、洗浄体験をすることもあります。なにせタンクの入り口が小さいので、うちのラグビー部の人間は入れないです。

三浦　おおー、たしかに入り口はイメージ的に、ロケットの窓ぐらいしかないですね。

真野　中には何万リットルも入りますよ。一日に一本ビールを飲んでも、一生じゃ足りずに、二生ぶんくらいかかる量です。

三浦　大丈夫！　私はタンクひとつを一生で飲み干してみせます。って、ここだけ強気になってどうする。タンクで熟成させて完成ですか？

真野　いえ、成分チェックをして、技師による官能検査をして、次は濾過《ろか》です。成分チェックがＯＫでも、官能検査で「もう少し寝かせたほうがいいね」となることもあります。

三浦　最後は人間の経験と感覚が重要になってくるんですね。

真野　はい。濾過は、ビールのなかの役目を終えた酵母を除去する作業です。濾過のあと、ビールに熱を加えて酵母の働きを止めるやりかたもあります。ですが、うちでは加熱殺菌をせず、よりおいしい状態にするために、完全に酵母を除去できるミクロフィルターを使って濾過しています。加熱しないということは生ビールなわけで、このフィルターを使うことによって、一九六七年に日本ではじめての瓶詰め生ビールができたんですよ。

三浦　ふーっ、これでようやくできあがりですか。想像以上に手間がかかるものなんですね。

真野　あとは缶に詰めて、出荷ですね。

次に向かったのは、銀色の管やベルトコンベアーが、ジェットコースターのようにうねうねと立体的に張りめぐらされた空間だ。真剣な表情で立ち働く人々がいる。

真野　ここにあるのは、「缶蓋《かんぶた》供給機」と「缶蓋巻締機」です。印刷済みの缶が業者さんから来ます。それをもう一度洗浄し、炭酸ガスを吹きこんで、最大の敵である酸素を追い出してからビールを注入します。缶に蓋をして、工場から消費者のみなさんのもとへ出て行くわけです。商品開発に携わって一番うれしい瞬間は、自分のかかわった新商品ビールの缶が、蓋も締め終わって、ぶわーっとこのラインから出てくるときですね。「来たーっ」と思っちゃう。ここを出ると、ほら、あそこから……。

三浦　おお、巨大なトラックにどんどん積まれていきますね。

真野　この工場からは関東一円に出荷しているので、あのトラックも関東のどこかの卸《おろし》さんに、そしてお客さまの手もとまで行くんでしょうね……。

「工場」というと、どうしても無機質なイメージがある。たしかにものものしい機械がたくさん稼働《かどう》しているのだが、しかし、多くのひとが自分の持つ知識と技術と感覚を総動員させ、丁寧にビールをつくっていることがよくわかった。

工場見学を終えたところで、私もできたてのビールをいただける運びとなった。

「えー、いいんですか。すみません」と言いつつ、喜び勇んでいそいそと席につく。

三浦　ビールを飲むまえにするべきことはあるでしょうか。

真野　じゃあ、まずは「照り」を見てください。そして、ビールと泡との境目の、「スモーキーバブルス」というのですが、小さな泡が次の泡を呼んでいるのを見たのち、「香り」を楽しんで、それからグイッと……。

わーい、ザ・プレミアム・モルツだ！　ゴキュリ、と生唾《なまつば》を飲みくだしつつ、心を落ち着けてスモーキーバブルスを眺める。いつも泡をちゃんと見る暇もなく飲み干していたが……、きれいだ！　金色の細かい泡が輝きながら無数に立ちのぼり、白い泡のなかに吸収されていく。雲のまにまに遊ぶ自由な魂のようだ……！　と、ソムリエを気取ってみるものの、耐えきれずに観察を切りあげ、早速飲む。もうこのへんから、取材の体《てい》をなさなくなってきた。

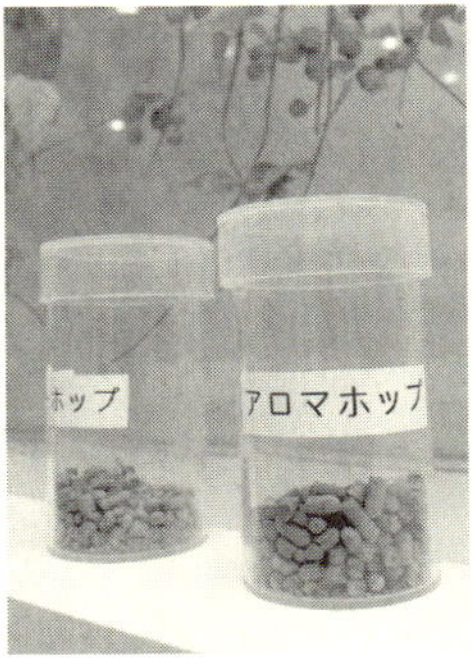

これがホップだ！
……お恥ずかしいかぎりです。

タンクを模した通路。いける……、一生をかけて飲み干す自信ありだ。

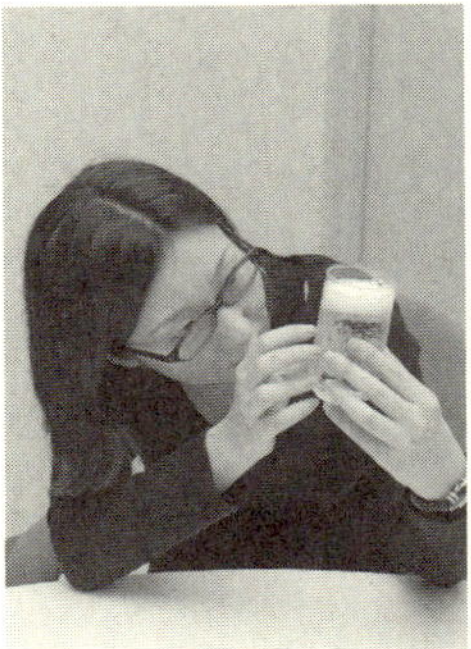

うつくしいスモーキーバブルスを観察。次の瞬間には当然……、飲む！

三浦　ぷはーっ、おいしい！
真野　うん、やっぱりこのビールはおいしいですね。ホップを充分に活《い》かして、香りも穏やかだけど豊かだし。
三浦　真野さんは、今後どんなビールをつくってみたいですか？
真野　いくら飲んでも飽きないようなビールを追求していきたいですね。ツマミなしでも飲めるぐらいの、普段づかいのビールを。もちろん、できればさらにこだわった高級ビール、たとえば一本五千円なんてのもつくってみたいですけどね（笑）。
三浦　最近は、ビール、発泡酒、第三のビールと、新商品がとても多いですね。
真野　昔より、ひとの好みが移ろいやすくなったのか、飽きっぽくなったのか、悩ましいかぎりです。「これはいいぞ」と思える商品を出しても、ひとの心をつかみつづけられない。より魅力的なものをつくりつづけられるよう、努力していくだけです。べつの言いかたをすれば、ずーっと生き残っていくビールをつくりたいですね。
三浦　いま、こちらで開発に携わってらっしゃるのは何人ですか。
真野　この開発部署では十数名くらいです。
三浦　みんなで官能検査をしながら、意見を言いあうわけですね。
真野　ええ。官能をする段階だと、非常に微妙な味の話になってきますから、その調整はもう、成分の量とかではないんです。あれが足りないから入れたらいい、では済まない段階ですね。

三浦　その前段階の部分で、どうすれば思い描いた味に近づくのでしょうか。

真野　それがわかれば……。試行錯誤ですね。たとえば飲みごたえを上げたいとき、一般的な方法を採ると、味のバランスやなんかが崩れる場合がある。じゃあ、どうするか……。

三浦　ベテランのかたに聞いても、あまり教えてもらえないものなんでしょうか。「ふっふっふっ、方法は自分で見つけるものじゃ」みたいな。

真野　いや、駆け込み寺みたいな先輩はいます。「あの処理を1℃上げてみろ」とか。知恵袋みたいなひとで、つつけばいっぱい教えてくれます。みんな親切ですが、同時にライバルでもあります。私の企画したビールを商品化することが決まったら、べつのひとが準備していたビールは発売おあずけ、ということもありますからね。競争相手でもありますよ、うん。

三浦　近代的な工場でも、そこはやっぱり、技と経験を次代に伝えていきつつ、それぞれの自負を抱いた職人さんの世界なんですね。

真野　「みんな、職人さんやなあ」と思いますよ。どこかしら個性的なひと、多いですし。急に「雷雲来とるぞぉー」と叫んだりとか。

三浦　雷が発生すると、ビールの味になにか影響が……？

真野　べつにないんですけど。

三浦　わけがわかりませんね。

真野　はい（笑）。でも、そのひとがつくるビールはものすごくおいしいんです。

三浦　ビールの味の表現には、どういうものがあるんでしょうか。味への共通認識を持つための、職人同士の特徴ある言いかたってありますか？

真野　一般的にはあります。ただ、それだけでは評価していませんし、微妙なニュアンスのちがいなど、ふと感じたことを言葉にするのはとても難しいんですよ。たしかに、アルコールや苦味成分など、分析できる成分というのは動かない事実なんだけど、それだけではない部分が味や香りにはあって、だから官能検査もするのですが、私は想像力も語彙《ごい》力も乏しいんでしょうね。言葉にするのが下手なんです。「野菜を煮たときみたいな匂《にお》い」なんて言ってますよ。ほんとはきちんと言葉にしないと、コンセンサスを取りにくいんですけどね。

三浦　かなり微妙な感覚を要求されるがゆえに、体系化された表現には限りが出てくる、ということですね。だからこそ、それぞれの自由な発想で開発する余地が生まれるのかな。小さいときから算数とか得意でしたか？

真野　得意でした。ずっと理系ですね。

三浦　ご趣味はなんですか？

真野　つい先日サントリーホールでコンサートがあったのですが、アマチュア・オーケストラでクラリネットを吹いています。

三浦　ふうむ。音楽というのも、数学と密接に関係してますよね。真野さんの場合は、味の発想を言語化するより早く、楽譜や数学の公式みたいな形でイメージできるのかもしれませんね。と、勝手な推測をしていますが……。プライベートでもビールを飲みますか？

真野　はい。家でも、「今日はひとつ仕事として飲んでみようか」みたいなノリの日もあります。

三浦　たゆまずビールの味を追求なさってるんですねえ。ところで先ほど、「ツマミなしでも飲めるビールを」とおっしゃいましたが、私、居酒屋で友人がサラダを頼むと、「なんでビール飲んでるときに菜っ葉！」と内心思うんですよ。あえて食べ物も注文せねばならないとしたら、真野さんはなにを頼みますか？

真野　私もサラダよりは断然ツマミ系ですよ！　せいぜい枝豆。

三浦　あはは。私もビタミンは枝豆で摂ります。

ここに酒飲み同盟が結成された。

真野さんは「言葉にするのが下手」とおっしゃったが、そんなことはまったくない！　味というのはきわめて個人的な感覚だから、他者と完全に共有することも、言葉で厳密に表現することもむずかしい。しかし真野さんは素人《しろうと》にもわかりやすいよう、難解な数値は使わずに、いろんな方向から言葉をつくして、目指すものを根気よく説明してくださった。

個人営業か会社員かに関係なく、毎日コツコツとひとつの仕事に打ちこむひとは、みな「職人」なのではないか。つくづくそう感じたのであった。

ふ

サントリー武蔵野ビール工場は見学できます。電話あるいはネットでの予約も可能です。工場見学実施日についてはお問い合わせください。

「サントリー武蔵野ビール工場」

東京都府中市矢崎町三－一　042・360・9591
http://suntory.jp/factory/musashino/

染織家　清水繭子

三十四歳　二〇〇七年五月

清水繭子（しみず・まゆこ）

一九七二年東京都生まれ。

大学卒業後、紬織重要無形文化財保持者志村ふくみ氏、洋子氏の京都の工房で染織を学ぶ。

二〇〇〇年独立、鎌倉に拠点を移す。

二〇一四年出産を経て、これまでの旧姓名「清水繭子」ではなく、現姓名「藤井繭子」で活動を再開し、八ヶ岳南麓に拠点を移す。

本書の主旨は、「特殊技能を活《い》かして仕事をしている女性に会いにいこう！」なのだが、自然と裏のテーマも見えてきた。それは、「己れの物欲にいかにして勝つか」ということである。く、苦しい。この戦いは苦しいぞ。お会いするひとがみな、人間として魅力があるのはもちろんのこと、いや、それゆえに、作っているものもすごーく魅力的だからだ。

この章でお話しをうかがったのは、染織家の清水繭子さんだ。清水さんは、草木で糸を染め、その糸で布を織っている。

三浦　染織の世界に入ったきっかけを教えてください。

清水　大学時代はデザイン学部にいたのですが、「色」への興味はあって、テキスタイルの授業も受けていました。大学三年のとき、志村ふくみ先生の作品を見て、もうびっくりして……。草木からこういう色が生まれるのかという驚きと、それ以上に安心感、安堵《あんど》みたいな感情が湧《わ》いたんです。
三浦　もとから着物にご興味がおありだったんですか？
清水　いえ、興味のあるなしどころか、生活のなかに着物がありませんでしたから。両親も着物を着るわけでないし。
三浦　繭子さんというお名前は、ご本名ですよね？　染織家になるべくさだめづけられたようなお名前だ！　と一人で勝手に感激していたんですが……。
清水　まったく関係ないんです（笑）。親の知り合いに素敵な女性がいて、そのかたのお名前をいただいたんだそうです。
三浦　そうでしたか。でもその偶然がまた、よりいっそう運命っぽいですな、うむ。志村先生とは、すぐにコンタクトを取ったんですか？
清水　はい。手紙を書いたり、東京での個展会場にうかがったりして、弟子入りをお願いしたのですが、最初は断られてしまいました。それでも二年くらいは京都の勉強会に定期的に参加させていただいてました。
三浦　最終的には、内弟子になられたんですよね？
清水　お弟子さんが一人辞められて、入れ替わりのタイミングで内弟子になることができました。先生のお宅のすぐ近くにアパートを借りて。三浦さんの『風が強く吹いている』を拝読して懐《なつ》かしかったのは、作中に出てくるアパート！　私が住んでいたのも、ぼろぼろの古い木造建築で、共用の台所があって、家賃一万三千円でした。女子だけのアパートで、美大生とか学生が多くて、みんなでわいわい言いながら暮らしてましたね。

三浦　あの小説みたいな暮らしが、実際にあったとは（笑）。何年ぐらい、京都での内弟子生活を送られたんですか？

清水　三年半です。その後、独立してからの制作に必要な道具を揃《そろ》えるために、京都にもう半年残りました。

三浦　そして七年まえに、鎌倉《かまくら》に工房を構えられたそうですが、鎌倉を選ばれた理由はなんでしょうか。

清水　東京で育ったので、東京から程近くて自然のある場所を選びたかったんです。両者あるのは草木だけといった山奥でもなく、人間だけが暮らしているのでもなく、両者が共存している場所で生活したかったんです。

三浦　京都の草木で染めるのと、鎌倉の草木で染めるのとでは、ちがいはあるのでしょうか。

清水　ちがうでしょうね。一番いい色が出る時季もずれてるし、第一、植生もちがいますしね。
三浦　草木によって、染めるのに適した時季があるんですね。
清水　ええ。春は若草、蓬《よもぎ》や烏《からす》の豌豆《えんどう》。夏は生い茂る緑葉。秋は団栗《どんぐり》などの実ですね、タンニンが含まれていて黒く発色します。春になるまえの、固いつぼみのころの梅や桜でも染めます。
三浦　どんな草木からも、布を染められるだけの色が出るものなんですか。
清水　あらゆる草木に、見た目に色があるわけですから、色が出ないとは思っていません。ただ、染色に使うための向き不向きはあるでしょうね。日光に当たるとすぐ色が落ちるようだと、やはり染料としてはちょっと……。
三浦　植物のどの部分から色を抽出するんですか？
清水　それも草木によるんです。枝がよかったり、根っこや実がよかったり。花は紅花がありますが、それ以外はあまり染めないかな。
三浦　きれいな花びらからは、きれいな色が出そうなものなのに、不思議ですね。
清水　きれいな花は搾《しぼ》ると茶色くなりますよね。一方で藍《あい》なんて、一見なんてことない葉っぱなのに、あんなにきれいな青になりますものね。

三浦　子どものころ、葡萄《ぶどう》みたいな洋種山牛蒡《ようしゅやまごぼう》の実をつぶして、きれいな色水を作って喜んでいたところ、すぐに茶色く変色しちゃって悲しかったのを、いま急に思い出しました。

清水　いまの世界は色がこんなにあふれているけど、原始人のころは色が限られてたし、そのぶん、色が鮮やかに見えたでしょうね。自然にある赤や黄色の実の色をきれいだと感じ、実を搾ってできた液体を自分がまとってる衣につけてみよう、という感覚が、彼らにもあったと思うんです。

三浦　私が原始人で、きれいな実を見つけたら、まずは口に入れちゃいそうなんですが……。

清水　でも、口からこぼれた果汁が衣について、きれいだと感動するかもしれない（笑）。やがて土器が作られはじめ、煮たり煎《せん》じたりするようになって染物ができあがっていった。このあたりまでは全世界共通だと思うんです。そこからさきの発達の仕方は、それぞれの地域の人間の気質や植生によってちがうでしょうけどね。

三浦　俺はもっと情熱の赤がいい、と追求しはじめるひとも出てくる。そうやって文化の多様性が生まれたわけですね。

清水　赤い実を見てきれいだと思う原始人の感覚は、持っていたいなと思うんです。

私の色への興味はそういうところへつながっていて、どこかで栽培している染料を無理に買うのではなく、まず身のまわりにあるものを使おうと思うようになりました。

三浦　それで、身近な草木で染められているんですね。

清水　草木で染めていると当然、その植物にとって一番いい色を出したい、一番輝いているところを引きだしたいと思います。でも、「縁があって」ということを考えるようになったんです。たとえば散歩してて、庭木を剪定《せんてい》している家があったら、枝をいただいてきて染めてみる、とか。私がこういう仕事をしていると知ったひとから連絡があって、染料をもらえるとか。それは草木にとって一番いい状態のときではないかもしれないけれど、なにかの「縁」や「出会い」で私のところに来たんだから、と。最近、信州の正受庵《しょうじゅあん》というお寺から依頼があったんです。開祖のお坊さんが城主に対し、「立派なお堂などいらない、そのかわり一位《いちい》の木を七株と水石《すいせき》を拝領する」と言って作ったお寺なんだそうです。代々の住職がその一位の木を守ってきたのですが、もう樹齢三百年で、もうじき倒れてしまうかもしれない。できたら木から色をいただいて反物《たんもの》にして残したい、と。

三浦　なるほど、反物にしたらまた何百年と伝えることができますものね。

清水　染織はそういう捉《とら》えかたもあると思うんですよ。……三浦さんには、気になっている木、思い出の木ってありませんか？ ほとんどのひとが毎日無意識にそばを通りすぎてるけど、実は自分にとっては大事な木、というような。

三浦 ありますね。子どものころ住んでいた家の庭に、木登りに最適の木があったんです。名前も知らないんですが、小さな黒い実をいっぱいつけて。いまどうなってるかな、ずいぶん大きくなってるんじゃないかななんて、よく想像して、道を歩いていても同じ種類らしき木に自然と目が行きます。

清水 私、そういう話を聞くのが大好きなんです。どんな木なんだろう、それで染めてみたい、なんて思う。

清水さんは何度も、「(草木から) 色をいただく」という表現を使った。これは志村ふくみさんの精神を受け継いだものだという。植物に穏やかに寄り添い、生命の息吹《いぶき》そのものの表れである「色」の不思議の本質に迫りたい、と願う気持ちが、その言葉にはこめられていると感じた。

三浦 高校の授業で一度だけ、紅花を使って染めものをしたことがあるんですが、白い布が一瞬で色づく。「なんて暴力的なんだろう」と感じたことを覚えてます。たとえば『源氏物語』などでは、女性が男性のために衣を染めてあげたりしますよね。染めるという行為は、ほの暗い情念みたいなものも含んでいるように感じます。清水さんは、どういうひとが染織家に向いていると思いますか？

清水　糸を機《はた》にかけて織るという作業が、一番時間がかかるのですが、私は良く言えば持続力があるんです。悪く言えばしつこくて粘っこい。織るのは孤独な作業ですし、内へ内へと入っていく創造の部分でもあります。すごくさびしくなるときもあるんです。だから、さっき言ったみたいに、散歩してひとや草木と出会って、染料を煮て、その液で糸を染めて、煮たあとの枝は媒染《ばいせん》用の灰にするために燃やして、という具合に、身体《からだ》を動かすことでバランスが取れるってことはありますね。

三浦　粘っこい性格、もとい、持続力が大切。小説を書くのと同じですね。機を織っているときは、「鶴《つる》になってしまいますから、決して覗《のぞ》かないでください」という感じで集中なさるんですか？

清水　いえいえ、音楽やラジオを聞いたりもしますよ。

鶴にはならないとのことなので安心して、染めた糸や、織りあがった反物、その反物で仕立てた着物などを見せていただくことにする。

清水　まず絹糸を見ていただきましょうか。これがまだ染めていない状態のもので、群馬産の繭で紡《つむ》いだ絹です。

三浦　まあ、真っ白できれい！　こんなに艶《つや》があるとは思いませんでした。触ると……、おお、ふくふくして生き物みたいだ！

清水　本当にきれいですよね。三浦さんが「暴力的」とおっしゃるのはわかるんです。染めるたびに、こんな美しいものに私が手を加えていいのか、と緊張します。

三浦　蚕《かいこ》の体内から生みだされる絹糸に畏怖《いふ》を抱きながら染め、そして織って布にしていくんですね……。どんな色に染まるか、一回一回に博打《ばくち》性もありますね。

清水　その博打性と、機を織るときの根気との落差が、またおもしろいんですよ。

清水さんの染めた糸が宿す繊細な色合いといったらもう……、文章で完全に表現するのは不可能だ！　しかしなんとか文章でお伝えしてみると、野茨《のいばら》で染めた糸は、夕暮れどきの和室の片隅に凝《こご》る薄闇《うすやみ》のよう。紅梅で染めた糸は、枝を使ったとのことだが、梅の花びらそのものの幸せなあでやかさ。臭《くさ》木《ぎ》で染めた糸は、名前に似合わず、爽《さわ》やかな風みたいに涼しげな水色だ。

想像に違《たが》わぬ色も、あの植物からこんな色が！　と驚くものもあって、感嘆のため息をつきながらしばし眺め入る。

清水　じゃあ、着物も見てくださいますか。こっちが櫟《くぬぎ》、こちらの縞《しま》の反物は、桜、梅、白木蓮《はくもくれん》、槙《まき》で染めた糸で織りました。緯糸《よこいと》に光沢のある玉糸を使っています。

三浦　欲しい！（と、反物をまえに即座に叫ぶ私）　色がうつくしいのみならず、こうして織りあがった布に触れると……、柔らかくて優しい感触ですね。絶妙のコシもあって、しかも軽いです。

清水　京都から帰ってきた当時は、着物の世界ってどうなるんだろうと思ってましたけど、最近は「呉服屋さんって入りにくい」というイメージから、だいぶカジュアルになってきて、若いひとに間口が広がりましたね。私は、春だけとか若いうちだけ着られるとかじゃなくて、一枚あれば帯や小物の組み合わせでどこにでも出かけられる、年を取っても着られるものを作りたいんです。

三浦　畳紙《たとう》に書かれた署名もお上手ですねえ。染織家はお習字も必須《ひっす》ですね。

清水さんが織った反物をあれこれ広げさせてもらい、色と手触りを堪能《たんのう》す

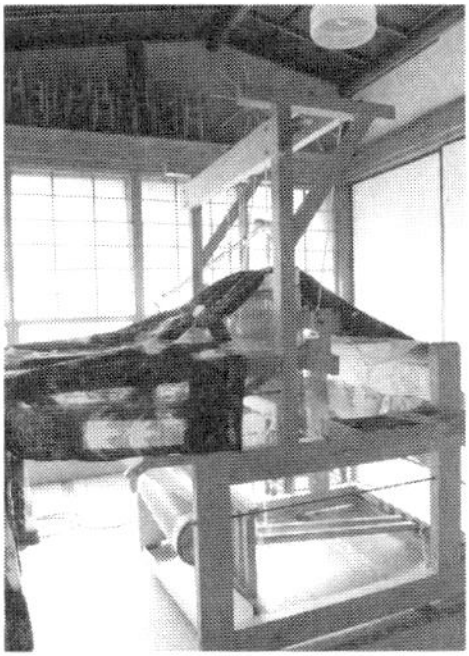

これが機織り機です。一室を占拠するほどの大きさと高さがあります。

清水さんは趣のある日本家屋にお住まいでした。濡れ縁には染色に使うさまざまな植物の実や枝が。

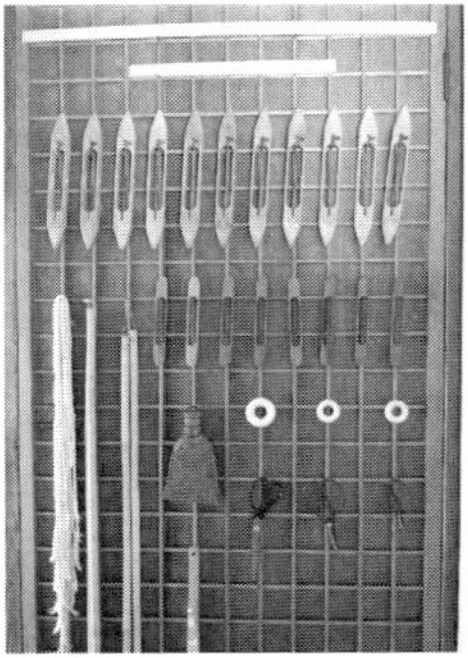

壁にかけられた機織りの道具。古代の武器のようにも見えますね。

カラーじゃなくて残念ですが、艶はおわかりいただけるかと思います。揚げパンみたいでおいしそう。そうか！　うつくしいものは食欲をも刺激するのですね！

る。
　機織り機も見せていただいた。複雑すぎるつくりで、これまた文章で説明不能！『鶴の恩返し』と聞いて多くのひとが思い浮かべるであろう、あれです。

三浦　自宅と仕事場が一緒だと、メリハリをつけるのがどうしても難しくなる部分があると思いますが、毎日のお仕事の時間は決めていらっしゃいますか。
清水　午前中は染めで午後は織り、というふうには、はっきりわけていません。枝をいっぱいいただいて、一気に染めるときもあるし。でも、染めは屋外でやるので、明るい時間しかできませんから、だいたい午前中にはじめるかな。なにも染めず、根を詰めて機に向かっている日も多いです。朝九時にはじめて、夜は六時、七時、……まあ八時には終わりたい、という感じです。
三浦　どんどん終了時間が延びていってますが、それはちょっと働きすぎではないでしょうか。
清水　昼休みもゆっくり取るんですけどね。
三浦　よかった、ホッとしました。私は集中力がつづかず、休憩ばかりしているもんで。そうやって毎日身体を動かし、あるいはじっくり織物をしていくなかで、ご自分の仕事が変化していった、ということはありませんでしたか。

清水　もちろん毎日が試行錯誤ですが――独立して七年になるのですが、実はこの二、三年、意識して自分の布を変えようとしています。それまでは布や糸を眺めて触っているだけで幸せだったんです。いまはもっと「着る」という要素を考えるようになりました。着るのも染織家の仕事だと思っているのですが、私自身が着物を着ることでわかったことも多いんですね。丈夫で、風合いも良くて、気をつかわないくらい軽く、皺《しわ》にならぬよう適度な弾力もあり、という布を作りたいんです。「これが自分の布だ」と呼べるものを作るのは一生かかるでしょうが、最近になってやっと軽さや柔らかさができてきたかなとは思います。いままでの作品を買ってくださったかたもいますし、納得できない仕事をしてきたわけではありません。ただ、頭だけでなく、着たり手を動かしたりしているうちに変わってきたなという実感はあります。

三浦　これまでの作品を否定するわけでなく、次に行くために変化しなくてはいけない、ということですね。

清水　欲を言えば、草木の色からできた着物を着たひとが、そのひとの内面から美しく見えるような着物を作りたいんです。

三浦　そういう作品づくりのために、心がけている点があったら教えてください。
清水　私ができるのは、草木がどうなりたいかを素直に聴いてあげることじゃないかなって。「草木から色をいただく」と言うのは簡単だけれど、きちんと受け取らなきゃいけない。それを私はできてるのかな、と。もっと言えば、染織家としての作家性を前面に出すよりも、むしろ自分を透明な存在にして、着てくださるひとに届けたい。「私はこうしたい」というところで納得してしまってはいけないと思うようになりました。だからいま、千二百本の糸を使って絣《かすり》を織るときに、私がすべてをコントロールせずに、自然に任せる部分を作っています。どういう仕上がりになるか私にもわからない。もちろん集中するし力は注ぐけれど、ある一点からさきは糸に任せて織りあげます。
三浦　作品からどうやって、作者自身の主張を削《そ》いでいくか。ちょうど私もそんなことを考えているところだったので、おっしゃることはよくわかる気がします。

清水さんは最後に、とてもうつくしい紬《つむぎ》の着物を見せてくださった。腿《もも》のあたりまで白地で、そこから裾《すそ》にかけては、薄いピンクと濃いピンクの二色の糸で織ってある。

三浦　うわあ、なんて清楚《せいそ》で上品な華やかさ！

清水　まだ仮縫いの状態ですが、これは桜で染めたんです。中ほどの色が東京の桜、裾のほうの濃い色が蔵王《ざおう》の桜なんです。東京のほうは、ある庭に植えられてたものが切り倒されるというので譲り受けました。蔵王の桜のほうは、車であちらに行ったとき、つぼみをつけたまま雪で折れた枝を道で偶然発見して、「それっ」と主人と一緒にトランクに積んで（笑）。花が咲くまえは、枝のなかにエネルギーを溜《た》めているのか、本当に元気のいい色が出ましたね。

三浦　うっとりしますねえ。欲しい……（また言ってる）。そうだ、仕立ててある着物の丈が合わない場合は、どうすればいいんでしょう。この着物の場合、裾で断《た》って丈を合わせるのはもったいないですよね。

清水　着物は内揚げの部分で丈を多少調整できますから。それと……、書かないでくださいね？（と、はじらう清水さん）これ、私が結婚式に着るためのものなんです。

三浦　なんと！　それならますます、サイズの心配はないですね。おめでとうございます。花嫁衣装を、糸を染めるところからご自分で作るなんて、本当にすごいことです。

清水　東京の桜は、もとは京都にあった桜らしいんですが、主人の実家の隣の家に移植されて、義母が若いころから眺めていた桜なんです。

三浦　大切なひとたちのたくさんの記憶が、この一枚の着物にこもってるんですね。お式はいつですか？

清水　それが、この着物が仕上がったらということになってまして、遅れぎみで……。

三浦　ちなみにだんなさま、新郎はどんな着物を着られるのですか？

清水　え？　あっ（と動揺を見せる清水さん）。

三浦　あ、まだそこまで手がまわってないと。まあ、だんなさまには、そこらにある服を適当に着ていただくとして（笑）、最後に余談ですが、私の名前は花の紫苑《しおん》からつけられたものなんです。紫苑で染められたことはありますか。

清水　ないです。

三浦　どんな色かしら〜（うきうき）。

清水　あまり期待しすぎないほうがいいかもしれません（笑）。

三浦　たしかに、どす黒く染まりそうですね……。

いつか清水さんの紬で着物を作ることを決意した。働く意欲が湧いてきたぞ！　あいかわらず物欲に負けっぱなしだが、悔いなしだ。
丁寧に作られた「もの」を愛するというのは、日々思考し実践し研鑽《けんさん》を積みながらそれを作ったひとの、心を愛することにほかならないのだと思う。自分の身を包む布に、植物の色を写し取りたいと願った太古の人々。清水さんの語る言葉と作品を通して、私ははじめて「色」をめぐるひとの心に思いを馳《は》せることができた。

ふ

清水さんは二〇一四年より、現姓名である「藤井繭子」で活動されています。
藤井繭子さんのウェブサイトです。とてもうつくしい糸や布をカラーでご覧いただけます。
mayuko-fujii.jp/
藤井繭子さんの作品を取り扱っているお店です。

「青山　八木」
東京都港区南青山一－四－二　八並ビル一Ｆ　03・3401・2374
www.aoyama-yagi.com

活版技師　大石薫

三十四歳　二〇〇七年八月

大石薫（おおいし・かおり）

一九七三年福岡県生まれ。

出版社「朗文堂」内に「アダナ・プレス倶楽部」を設立。

活版印刷の今日的な意義と活用の提案、普及につとめる。

著書に、『ＶＩＶＡ!!　カッパン♡』（朗文堂　アダナ・プレス倶楽部）がある。

活版《かっぱん》印刷への憧《あこが》れはやみがたい。宮沢賢治の『銀河鉄道の夜』でも、主人公のジョバンニが活字を拾うアルバイトをしていた。

出版物の大半は、デジタルな印刷方法に移行してしまったが、いま、自宅で活版印刷を楽しむひとが増えているのだそうだ。そこでこの章では、活版文化の維持と実践に取り組む大石薫さんに、お話しをうかがうことにした。

三浦 もともと「活字」や「活版印刷」に興味がおありだったんですか？

大石 いえ、東京農大出身です。遺伝育種学を専攻しました。

三浦 えっ。い、いくしゅ……？（予想外の専攻科目に、思わずひらがなで問い返す）

大石 ツッコミどころの多い人生で、流れ流れていまに至ってます。

三浦 （なんかまた、おもしろいかたに当たったぞ……）じゃあ最初は、農業とかバイオとかにご興味があって、農大に？

大石　総合大学に行きたくなかったんですよ。いろんな学部がある大学に入ると、「何学部？」って、どうしても聞かれますよね。農大だったら、「農大です」とだけ答えれば、手間がはぶけますから。

三浦　そういう理由で大学を選んだひとに、はじめて会いましたよ。

大石　植物は好きだったので、そのまま院に行こうかなと漠然と考えていたのですが、遺伝育種学って、研究した結果がすぐ出ないんです。平気で数世代かかったりする。それはそれでロマンのある大仕事だとは思うのですが、せっかちな私は、「私が生きているあいだに結果が出せる仕事がしたいなあ……」と思いはじめて、四年生のときに広告の塾に通って、卒業後はＣＭを作る制作会社に入ったんです。

三浦　そりゃまた大胆な方向転換ですね。

大石　あまりこういう言いかたをしちゃいけないけど、ＣＭというのは、たとえばここにあるペンならペンが、あまりいいものじゃなくても、宣伝しなくちゃいけない仕事ですよね。他社のペンのほうがいいと知っていても、コピーを書いて、こっちのペンを売らないといけない。自分のコピーのせいで、それほどでもない商品が爆発的に売れる、ということを快感に思うひとも当然いますが、私はそうは思えなくて。

三浦　それは広告の作り手としては、ちょっと致命的な……。あまり向いてないというか……。もごもご。
大石　そうなんです。CMを作りあげるという、創造的な部分は楽しかったんですけどね。それで一年も経《た》たないうちに辞めちゃったんです。
三浦　えーと、いつごろ活版印刷にたどりつきますかね？
大石　もうちょっとです。CMの制作会社には美大やデザイン系の学校を出たひとが多くて、私も基礎知識を身につけなきゃと、グラフィックデザインの専門学校に通っていたんです。そこの先生のつながりで、「今度、凸版《とっぱん》印刷が印刷博物館というのを作るんだけど、開館準備室が人手を募集してるよ」と。たまたま農大時代に学芸員と図書館司書の資格を取っていたので、誘われるまま準備室に二年いて、オープンと同時に印刷博物館に入ることになりました。
三浦　ついに印刷関係に！　それにしても大石さん、塾に行ったり資格を取ったり専門学校に通ったり、勉強熱心ですね。
大石　モラトリアム期間を延ばしていただけです（笑）。たまたま印刷博物館に入って、たまたま博物館のなかの「印刷工房」担当（活版印刷を使った創作活動、ワークショップなど、参加型展示を行う）になっただけで、活版印刷に興味や知識があったわけではないんですよ。

三浦　印刷工房には、活版に詳しいベテランの職人さんもいらしたんですか？

大石　ええ、ずいぶん教わったし、助けてもいただきました。ただ、職人さんは活版についていて、わかりすぎるくらいわかってらっしゃるから、印刷工房にやって来る一般のひとが、なにがわからないのかがわからない（笑）。私が工房にいる存在価値があるかなと思ったのは、ふらりと来たお客さんに、どうすれば活版をおもしろがってもらえるか、どう教えればわかりやすいか……。インストラクターとして、そんな視点を持てたことでしょうね。

三浦　印刷博物館のオープンはいつだったんですか？

大石　二〇〇〇年です。このころまでが、ちょうど活版の衰退期でした。八十年代のどこかで、活字のコストと写植のコストが逆転したんでしょうね。どんどん電算写植やオフセット印刷に取って代わられた。だから、活版印刷の機械や活字などを、廃業した印刷屋さんからいただいたりしました。ここ数年は、個人で活版印刷をしてみようというひとたちが増えてきました。活版のプライベート・プレス第二次ブームだって言われてますね。

三浦　第一次ブームはいつごろだったんですか？

大石　七十年代に、おじさまがたが自分用の小型活版印刷機を買っていたそうですよ。

三浦　個人で印刷機を持つっていうのが、私としてはやや謎《なぞ》なんですよね。おじさまたちは、いったいなにを刷っていたんでしょうか。地下活動の機関紙？　アジビラ？

大石　いえいえ（笑）。葉書などの個人的な印刷物を刷ったり、いまから見れば、DTP（デスクトップ・パブリッシング）のごく初期段階ですよね。趣味にお金を費やせる世代だけの流行だったようです。

第二次ブームのいまは、ワークショップに来たり印刷機を買ったりするのは、二十代、三十代の女性が大半です。最近は製本教室なども盛んなので、そういった流れの一環だと思います。

三浦　ふうむ。本の外見を手作りするスキルを習ったひとが、次は中身も自分で印刷してみよう、と思うわけですね。

大石　小型の活版印刷機は、すべてを自分の手でコントロールしてものづくりに励むことができるので、ある意味、究極のナルシシズムを満足させる世界なんですよ。年賀状やカードを印刷したり、好きな小説や詩を好みの活字で組んで、装本も自分でやったり。もちろん、自作の文章や絵を、自分のデザインで組んで印刷するひともいます。

三浦　絵も活版印刷できるんですか。

大石　樹脂凸版といって、樹脂に焼きつけるんです。漫画週刊誌の一部は、いまもこのやりかたですよ。

三浦　へえー。第二次活版ブームも来て、ワークショップの生徒さんも多かったけれど、大石さんは印刷博物館を退職なさったんですよね？

大石　体調を崩したこともあったのですが、けっこう私、性格がネガティブなんですよ（笑）。

三浦　明るく笑いながらおっしゃられても……（笑）。

大石　ふふふ。私自身が作る作品も暗いんですね。それで、印刷博物館という公共の場にはふさわしくないかなあとか、工房の「おねえさん」というのも年齢的にどうかなあとか、思いはじめたんです。

そのころ、朗文堂《ろうぶんどう》という出版社がやっている、「新宿私塾」というタイポグラフィの塾に通っていまして。

三浦　また人生の転機に塾だ！

大石　あ（笑）。朗文堂の社長は、「理論だけのタイポグラフィでなく、実際にどんどん手を動かしてみよう」という考えかたなんです。あれやこれや、ドン・キホーテみたいな無茶をしたがるひとでもありまして。
　私はなんとなく、自宅で活版ができるような、軽くて小さい手動式の印刷機を、昔のように普及できないだろうか、と思っていたのですが、そうしたらドン・キホーテがするすると近づいてきて、「やってみようよ！」（笑）。調べてみると、個人ユーザー向けの「アダナ・プレス」という、イギリスの有名な機械を復刻できそうだ、と。そこで日本向けに細かなマイナーチェンジをして、「Adana-21J」という小さな活版印刷機を作りました。そういうわけで、私はいまは朗文堂で、「Adana-21J」の販売とインストラクター、それにワークショップをやっています。

　波瀾万丈《はらんばんじょう》の大石さんだ。私は「Adana-21J」を眺めた。体育座りしたひとに見えなくもない姿形で、アダナちゃんは静かに机に載っている。

三浦　たしかに、機械としては大きくないものですが……（奥行き約55㎝、幅約33㎝、高さ約48㎝、重量19・5㎏）。おいくらでしょうか？
大石　税込みで四十五万四百五十円です。サービスとして、購入時に使いかたの講習を受けられます。

三浦　むむむ……。
大石　ポンと買うのにはちょっと高めですかね。でも、現在のデジタル機器よりもよっぽど頑丈なので、メンテナンスさえすれば一生もつと思います。

とはいえ、いったいなにを印刷すればいいのか。個人で印刷機を持つ楽しさが、まだいまいちピンと来ないまま、おそるおそるアダナちゃんに近づいた。

大石　実際にちょっと印刷してみましょうか。そこに活字の棚がありますから。
三浦　おお、いろんな書体の、ありとあらゆる漢字やひらがなが並んでいますね。
大石　活版印刷が盛んだったころ、大手の印刷会社では分業制を採っていて、「文選《ぶんせん》」→「植字（なぜかチョクジと読みます）」→「組みつけ」→「印刷」と、工程がわかれていました。

まず、文選工の職人さんが、棚から活字を拾って、文選箱に入れていきます。よく使う活字は「大出張《おおしゅっちょう》」「出張」などと呼ばれ、拾いやすい場所に置かれてます。この段階では、印刷する原稿を見ながら、必要な活字をとにかくどんどん拾います。文選は速さ、正確さが問われます。昔は、作家の達筆すぎる（？）字をどれだけ解読できるかも大事だったそうです。

三浦　たしかに「活版印刷」と聞くと、職人さんが目にもとまらぬ速さで活字を拾うイメージが浮かんできます。

大石　職人の世界では、花形はなんといっても植字です。文選箱に拾われた活字は、植字工さんによって版に組まれます（この段階で、句読点や括弧《かっこ》、改行などが原稿どおりに入る）。句読点のぶらさがり（行末のテン、マル）の処理とか、再校で文章が変更されたときのために、わざと「捨て」という余白を作っておくとか、欧文だと字間の調整とか、職人技的技術が一番必要とされるんです。

三浦　ええっ。「ここは著者が文章に訂正を入れるだろうな」ということまで見越して作業するんですか。それはすごい……。

大石　そして最後に、組みつけ、つまりレイアウトをする、という流れですね。

今日は、「三浦しをんの／『ふむふむ』で／『くむくむ』」と、三行で組んでみましょうか。さあ、活字を拾っていってください。

ふむふむでくむくむ！　大石さんのナイスなセンスに悶絶《もんぜつ》しつつ、必要な活字を棚から拾い、文選箱（木製）に入れていく。活字はちっちゃいので、私のぶっとい指でつまむのはなかなか難しい。千手観音のような文選工のイメージからは程遠い、非常に遅いペースで作業は進む。

大石　次は植字です。文選箱に拾った活字を使い、一行組んだら、インテル（行間を作るための板）を詰めます。

三浦　隙間《すきま》ができないように、っと（熱中）。これはパズルの才能を要求されますね。テトリスみたいだ。

大石　それから組みつけです。活字がズレないように枠内で締めつけて固定し、ハンマーで軽く叩《たた》いて均《なら》して、やっと印刷できる状態になります。

三浦　ふぃー。ものすごく手間のかかる、細かい作業の連続ですね。ゲラ（校正刷り）であれこれ訂正された日にゃあ、「最初から完璧《かんぺき》な文章を書いとけよ！」と、職人さんは激怒したことでしょう……。

大石　職人さんは慣れてるから、速いものですよ（笑）。

では、印刷です。活字を組みつけしたものと紙とを、所定の位置に置きます。インキを練ります。よく練ったほうが肌理《きめ》が細かになるんです。機械上部の円盤（イン

整然と並んだ活字。壮観です。

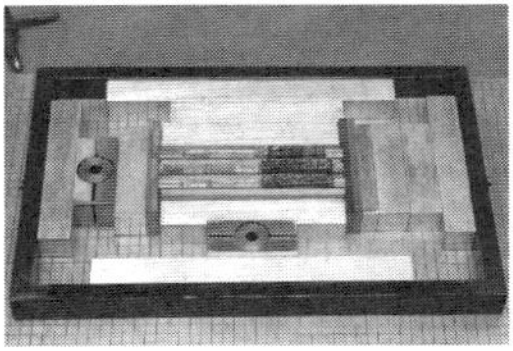
中央が組んだ活字。
行間を作るための板（インテル）が挟まっています。活字がずれないよう、黒枠内に金属を詰めて固定しました。この状態で枠ごとアダナちゃんにセットします。

大石さんがアダナちゃんの使いかたを教えてくれます。「ガッシャン！」

一心に活字を拾っています。奥でアダナちゃんが待機中。

キ・ディスク）にインキを塗って……。

大石さんは説明とともに、てきぱきと作業する。アダナちゃんを体育座りした人体にたとえて、この印刷機の仕組みを実況中継してみよう。

組みつけした活字を腹にセットし、斜めに立てられた腿《もも》部分に紙を差しこむ。顔面には、インキをむらなく塗りつけておく。

脛《すね》あたりから飛びでたバーを下げると、ローラーを持った腕が上がり、インキのついた顔面を撫《な》でる。当然、ローラーにインキがつく。バーを上下させることで腕の動きを操作し、腹にセットした活字にインキのついたローラーをこすりつける。これで、活字にインキがついた。バーを最下部まで下げると、腿の傾斜が強まり、差しこんであった紙が、腹の活字に押しつけられる。このとき、活字が紙に印刷されるというわけだ。

大石　ぶれないように、バーは一息に下げるのがコツです（ガッシャン！）。

三浦　おおおお！　組んだ活字が実際に紙に印刷される瞬間を見ると、なんだか感動しますね！

大石　三浦さんもやってみてください。
三浦　（ガッシャン！）おお、手応《てごた》えがあって、おもしろいですねえ。なぜか無闇《むやみ》とうれしい。
大石　でしょう？
三浦　（ガッシャン！）うーん、この機械、欲しくなってきました。（ガッシャン！）一枚一枚（ガッシャン！）、刷りあがりが微妙にちがうのが（ガッシャン！）、なんとも楽しいです（ガッシャン！）。しかし、この音……（ガッシャン！）。これがアパートの隣室から夜な夜な聞こえてきたら、「なにをやってるんだろう」と、かなり困惑するでしょうね。

バーへの力の込めかたを加減したりして、しばし印刷に没頭した。

三浦　こちらのワークショップにいらしてるのは、どんなかたが多いんですか？（ガッシャン！←まだやってる）
大石　「プリントゴッコ」に熱中していた、というひともいますし、版画をやってる女性もいます。活版の詩と組み合わせて、詩画集を作ったり。豆本を作るひともいます。作品の交換会などもあるのですが、自作の名刺ひとつとっても、おもしろいコミュニケーション・ツールになります。

三浦　活版に向いている性格、というのはありますか？

大石　ほどほどの性格（笑）。活字の位置、字間、行間、インキの乗り、紙のへこみ具合……。気にしようと思えば、気になる部分はいくらでも出てくる。またそれを、自分の手で際限なく調整できるのが活版ですからね。あんまり細かすぎるひとは、収拾がつかなくなっちゃうと思います。

三浦　大石さんも作品を、それも暗い作品を作ってらっしゃるとおっしゃいましたが、よろしければ見せていただけませんか？

大石　作品は「桐島《きりしま》カヲル」という名前で作っています。たとえば、「断片小説」と呼んでいるものがあります。

大石さんの作品を拝見した。きれいな箱に、いろいろな色の紙が入っている。ある紙には、短い文章が一行。べつの紙には、抽象的な絵。なにも印刷されていない紙もある。カードのように紙の順番を自由に入れ替えることで、文章や絵や白紙から喚起されるイメージを幾通りも楽しめる。

印刷の具合が美しいのはもちろんだが、大石さんの発想と、強くてうつくしい詩的な文章、繊細な色彩感覚にもハッとさせられる。箱からあれこれ紙を取りだしては並べ替え、無限に広がる「断片小説」の世界を味わった。

三浦　灰色の海をまえに一人でたたずむような、そういう印象を作品から受けます。波は激しく逆巻いているのに、とても静かな……。ご本人からは明るい感じを受けますが（笑）。うわべの印象とはちがった、心の奥の部分がにじみでるのが、表現のおもしろいところですね。

大石　ただ、いまだに私は活版にはまっているわけじゃないんですよ。むしろ、活版ブームはいやかもしれない。活版をブームで終わらせずに、活版でなくても成立するような作品を作らないといけないんじゃないか、と。

三浦　活版にもたれかかるのではなく、活版という「方法」を通して作品を生みだす、ということですね。

大石　「Adana-21J」を使って自分で作品を作っていると、最後のぎりぎりまでこだわって、手を加えることができる。これは作り手にとって、いい点と悪い点があるなあと思っています。いま、活版で作品を作るひとは、活字のテクスチュアに魅《ひ》かれてこの世界に入ってきていますが、やっぱり大切なのは、内容をどうするか、ですよね。

三浦　活版の印刷物は魅力的だけど、それに作品が甘えちゃいけない、ということですか？

大石　そうなんです。わざわざ手間をかけて活版にするほどの言葉なのか、という自省は持っていたいなあと思いますね。テクスチュアや組みかたの技巧、そういう表層的な幻惑とは関係なく存在するのが、言葉本来の力というものですよね。活版で印刷するのに耐えうる言葉を持ちたいと願っています。

自分の文章や絵を、多くのひとに味わってもらうための手段が「印刷」だ。だからこそ、その内容は常に磨き抜かれたものでなくてはならない。大石さんの言葉からは、活版印刷への愛情と、「印刷する」という行為への深い自覚が感じられた。私も自省することとしきりだ。

いまこの瞬間も、自分の部屋で新たな作品を生みだしているひとがいる。創作物を味わう楽しさを、独り占めすることなくわけあうために、黙々と印刷しているひとがいる。そう考えると、わくわくするではないか。小さな活版印刷機「Adana-21J」には、表現の大きな可能性が詰まっている。

商業的には新しい印刷方法に取って代わられてしまったが、活版印刷はまだまだ命脈を保っている。活版文化を維持することは、個人が自由に表現するための、選択肢の幅を維持することに等しいんだなと、大石さんのいきいきした姿と活動を見て思った。

ふ

「アダナちゃん」こと「Adana-21J」は、二〇一四年三月末で製造・販売を終了しました。しかしご安心ください！　現在は、後継機種である「Salama-21A」を製造・販売しておられます。

詳しくは、「株式会社朗文堂アダナ・プレス倶楽部」のＨＰをご覧ください。

今後はサラマちゃんで「ガッシャン！」しましょう！

http://www.robundo.com/

東京都新宿区新宿二―四―九　中江ビル四Ｆ　03・3352・5070

女流義太夫三味線　鶴澤寛也

二〇〇七年十月

鶴澤寛也（つるざわ・かんや）

東京都生まれ。

大学在学中、「義太夫教室」に通い、語りや三味線の団体稽古を受ける。

故・鶴澤寛八に弟子入りし、プロの三味線弾きとなる。

故・豊澤雛代の預り弟子を経て、現在は鶴澤清介の預り弟子。

一九八五年に初舞台、二〇〇九年には重要無形文化財・総合指定保持者の認定を受ける。

手で触れることができない「もの」、たとえば録音も録画もしなければ、一回かぎりで消えてしまう舞台芸能などに携わるひとも、「ものを作っている」と言えるだろう。

この章では、女流義太夫《ぎだゆう》三味線・鶴澤寛也さんに登場していただくことにした。

文楽（人形浄瑠璃《じょうるり》）は、太夫さんが義太夫節《ぶし》で語り、三味線さんが三味線を弾き、人形さんが人形を遣《つか》うことで表現する芸能だ。演者はすべて男性である。しかし、その芸能を女性だけで表現する形態も、古くからある。女流義太夫の場合は基本的に、太夫さんと三味線さんだけで人形は登場しない、「素《す》浄瑠璃」という形で上演する。

鶴澤寛也さんは、プロの女性太夫と組んであちこちで公演する、プロの三味線さんなのだ。

三浦　いきなり素人《しろうと》丸出しの質問で恐縮ですが、義太夫、長唄《ながうた》、清元《きよもと》といった音曲のちがいについて、教えていただけますか？

寛也　三味線を使う音楽は、大きくいうと「歌い物」と「語り物」にわかれます。「歌い物」には長唄などがあって、三味線は細棹《ほそざお》のものを使い、基本的に歌の伴奏を目的とします。義太夫は「語り物」で、三味線は太棹《ふとざお》を使います。細棹より棹がかなり太く、胴も大きく、音も低くて、伴奏ではなく情景の描写を主眼とします。音で情景を表す、というと抽象的に聞こえるかもしれませんが、「模様を弾く」といって、それこそが義太夫三味線の特徴なんです。

三浦　太夫さんの語りに伴奏をつけるのではなく、風景や登場人物の内面を独自に三味線の音で表現するんですね。

寛也　はい。太棹と細棹の中間の中棹《ちゅうざお》三味線というのもあり、これは清元、常磐津《ときわず》、小唄《こうた》などで使います。内容も、「語り物」の要素と「歌い物」の要素が両方入ってます。

三浦　義太夫節で語られるのが文楽ですが、そもそも男性の芸能ですよね。それを女性がやる、ということに私はすごく惹《ひ》かれています。男性の視点から描かれ、男性が語ることが前提だった女性像を、改めて女性が語る。すると、女性の演者の生々しい身体性が付与されると同時に、何重にもフィルターを通したような客観性も生じてくる気がします。女性が義太夫を語ることは、いつごろから行われていたんでしょうか。

寛也　義太夫は江戸初期に成立します。女義太夫も、いまから二百年以上もまえから、仕事として成り立っていたようです。男性とちがって、文楽の形で（つまり人形と一緒に）上演されるのではなく、オペラでいうアリア集のような形でやったりしていました。名場面のさわりばかりをやるわけです。

三浦　そんな昔から。それだけ義太夫が人気だったということでしょうけれど、すごいですね。

寛也　やっぱり女性が義太夫を語るというので、色っぽいと評判になったんですね。風紀を乱す、とお上《かみ》から女性が語るのを禁じられるのですが、登録を男名前にして生きのびたそうです。その名残《なご》りで男っぽい名前をつけることもあって、うちの寛八師《かんぱち》匠（故・鶴澤寛八師）もそう。だから私も男みたいな芸名なんです。

三浦　へえ、幕府をだました名残りなんですか。それが明治になって、女性も晴れて公認された。娘義太夫は日本髪を乱して熱演するので、「どうする連」（義太夫の合いの手に、ファンが「どうする、どうする」と掛け声をかけたから）と呼ばれる若いお兄ちゃんたちが熱狂したそうですね。

寛也　戦前まではかなり盛んでした。今年九十五歳になる竹本越道《こしみち》師匠（二〇一三年、百一歳で死去）が、若いころはいまのアイドル級の人気で。帝大生の追っかけがたくさんいて、師匠が義太夫寄席《よせ》のかけもちで人力車に乗ると、こぞって押してくれたって。

三浦　車夫いらず（笑）。現在は女流義太夫のかたって、どれくらいいらっしゃるんですか。

寛也　太夫、三味線あわせて、実働できるのは三十人から四十人てところじゃないですか。

三浦　むむ、思ったより少ないんですね。男性がやる文楽は、年間を通して定期的に公演があり、興行として成り立っていますが、女流義太夫もこれから、ある程度の日数、定期公演ができるようになるでしょうか？

寛也　うーん……、どうでしょう……。まあ簡単ではないでしょうね。それでも、いろんな場所で、お客さまのまえに立てる機会を増やしていくしかないですよ。お客さまあっての芸能ですからね……。失礼な話だけど、以前はお客さまに知ってもらうよりなにより、「寺子屋」なら「寺子屋」を弾けるようになるために私はやっている、という意識でした。そういう風に育てられてきたし、自分にも余裕がありませんでした。いまは芸を自分なりに極めたいのと、お客さまをいかに呼ぶかということとが、私の両輪になってます。本当は芸ひとすじで行きたかったんだけど、お客さまの存在に気づいたから、芸ひとすじになれなくなっちゃった（笑）。

三浦　いえ、そういう姿勢こそ芸ひとすじだ、と言えるのではないでしょうか。お金を払ってくれたお客さんを満足させる、満足してもらうために自分の技術や芸を磨く、というのは、職種を問わず「プロ」の基本線ですものね。

寛也　私、やっとお客さまのことを考えられるようになったんです。というか、義太夫のことをこんなにだれも知らないのか、と改めて驚いたんです。お師匠さんがたは、芸を磨く以外はなにも考えずにやってらしたけど、私たちの時代はもう、それだけじゃやっていけない。ロビーで先頭に立ってチケット売るようになったのは、この一、二年のことです。やっぱり百回の稽古《けいこ》より舞台に一度立つほうが、体に染《し》みこむ感じがちがうんです。文楽のように月に二、三週間も興行できればいいですね。毎日お客さまのまえにさらされて、お給金いただいて妻子を養うと、真剣味もちがうし、芸の身につきようがちがう。女流義太夫は一日限りで発表会みたいな形ですから……。

三浦　上演の機会を増やしていくためにも、これからは率先してチケットを売ったり、義太夫を普及させる活動をしていかなあかん！　ということですね。

このように真剣に芸に打ちこみ、女流義太夫の未来を見据える寛也さんの、素顔はどんなかたなのだろうか。私は実は、少し知っている。「臈《ろう》たけた」と表現するのがふさわしい美貌《びぼう》の持ち主である寛也さんが、本当は爆裂&毒舌な性格をしていることを……！

寛也さんは、「あんた、黙ってれば京人形みたいなのになあ」と、あるひとから言われたとき、「あら、じゃあしゃべったらフランス人形ですか。ふふ」と切り返していた。フランス人形は、そんな切り返しはしない！

寛也さんの来歴と人物像に迫ってみよう。

三浦　芸事というと、ご両親も芸に関係してたり、幼少のみぎりから弟子入りしたり、というイメージですが、寛也さんはいかがでしたか？

寛也　うちの両親は、父が高校の校長、母も教師の娘で、父は学生時代に謡《うたい》をかじり、母は娘時代に箏曲《そうきょく》を習ったことがある程度です。私自身は昔から楽器が好きで、三歳からオルガン、そのあとピアノ、中学校のころはフォークギター、高校時代はバンドでキーボードを弾いていました。もっと美声だったら、歌うほうをやっていたかもしれない（笑）。母の箏を触ったことがあるくらいで、邦楽とはなんの関係もない人生でした。高校の授業の一環で「文楽鑑賞」に行ったことがあるんですが、一番うしろの席でずっとしゃべっていた記憶が……。そういえば小学生のとき、母が文楽に連れていってくれたらしいんですけど、ずっと寝ていた、とか。ほんとすみません。いま、うちの娘が高校生で――こういうことを言うから、「芸人には年齢なし」なんて言ってるくせに年がわかるんですけどね――、娘の学校に「邦楽体験」の講師で行ったときも、「寝ててもいいけど、しゃべんないでね」って教えてます。

三浦　ま、居眠りしててくれれば静かですからね。寛也さんが邦楽で眠らなくなった、三味線の音色に引きこまれるようになったのは、いつからですか？

寛也　大学に入ってから芝居を観《み》るようになって、野田秀樹《ひでき》を駒場《こまば》で観たり――あ、また年齢が（笑）――、アングラも観たりするうちに、その流れでふと歌舞伎座《かぶきざ》に行ってみたら、劇場の空間も、芝居の中味も、私には一番しっくり来たんです。肩肘《かたひじ》張らないでいい、ふつうの生活の延長線上にあるなと思って、楽だったんですね。歌舞伎にはまって通ううちに、社団法人義太夫協会（二〇一一年より一般社団法人）の「義太夫教室」というチラシを発見して。チラシに「もっと歌舞伎がよくわかる」とか殺し文句が書いてあって、興味が湧《わ》いたんです。ただ、当時は大阪弁が苦手で、義太夫は気が進まないなあとも思った。どうせなら清元を習いたいけど、どこに教室があるかわからないし、正式にお師匠さんにつくとなると簡単に辞められそうもないじゃない？

三浦　いきなり「弟子入り」になっちゃいそうで、ちょっと躊躇《ちゅうちょ》しますね。それで、「社団法人がやってる義太夫教室のほうが安全そうだ」と思われたんですか。

寛也　でもまだ、義太夫ってちょっとなあって、悩んでたんですよ。そしたら父が、「暇そうにしてるくらいなら、義太夫も悪くないよ。ベンベンってやるのもいいじゃないか」と勧めてくれて。実際、私はあんまり大学に行ってなくて暇だったんですよ。じゃあ、ってやりはじめたら、おもしろくておもしろくて、のめりこんだわけです。

三浦　義太夫教室って、どんなひとが通ってるんですか？

寛也　カルチャー教室のノリです。平日の夜に週二回、ＯＬやおばさまがたに混じって。太夫と三味線の両方の実技と講義があります。座りかたや三味線の構えかたから、お師匠さんがじかに見せてくれるんです。私は三味線に熱中して、大学に行ってないから時間はたっぷりあって（笑）、稽古もよくやったので、まわりよりは速く上達したかもしれないですね。

三浦　義太夫教室は入門的な講座ですよね。ひととおり習い終えてしまってからは、どうなさったんですか？

寛也　まだ大学卒業まえのことですが、本牧亭《ほんもくてい》で鶴澤寛八師匠の三味線を聞いて、スケールが大きくて、恰好《かっこう》よくて、「どうしてもこの師匠に習いたい！」と盛りあがったんです。師匠は大阪のかたですから、宿泊先の人形町の旅館に行って、「教えてください」とお願いしたら、即座に強烈に拒否されて。

三浦　あらら。どうしてでしょうか。

寛也　私はまだ、プロになるための「弟子入り」のつもりじゃなく、単に教えていただきたいという意味でお願いしたのですが、師匠はプロ志望だと思って拒否なさったんですね。そこから、大阪に行ってお願いしたりしているうちに、徐々に「この道で生きるのかなあ」と。

三浦　はっきりプロになろうと思った瞬間を覚えていらっしゃいますか？

寛也　瞬間というより、あまり行かなかった大学も卒業が迫ってきて。自分の母のことを思うと、専業主婦でなんでもしてくれたんだけれど、そういう人生に満足してなかったような、本当はちがう人生を歩みたかったような、そんなオーラが出てたんです。それで私は、専業主婦にはならずに自分だけのものを見つけなくちゃいけない、という強迫観念が生まれて、追いつめられた挙句、「あ、これだ！」と思えた義太夫の世界に飛びこんだんでしょうね。本来は良妻賢母型だったんですけどねえ……（しみじみ）。

三浦　……まあ、それはともかく。

寛也　なにがともかくですか。

三浦　いや（笑）、おかげで女流義太夫界は有望な新人を得たのですね。企業への就職とか、お父さまのように教師になろうとか、そういう選択は考えませんでしたか？

寛也　組織というものが苦手なので、会社員にはならないかなあと思っていました。教師のほうは、だって教職を取ってないですから。ろくに大学行かずに単位ぎりぎりの卒業でしたから。

三浦　すべてが三味線のプロの道へと導いていますね。

寛也　そもそも卒業できたのも、大阪の因協会《ちなみ》（財団法人人形浄瑠璃因協会の略。二〇一〇年一月に解散）が新人の登録を十二月にするシステムだったからなんですよ。四年生のお正月に入門の写真が朝日新聞に出たんで（関係ないけど、なんとディスコでの「初舞台」は「週刊新潮」に載りました）、教授も、「大学出てからやることも決まっているのか。留年させても辞めるだけだろ、ならもう卒業させちゃえ」ってなったみたいで。完全に温情で卒業できたの（笑）。

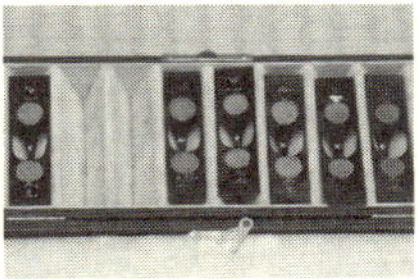

何種類も並んだ駒（こま）。胴と糸のあいだに差しこみ、糸を引っかけて浮かす台です。それぞれ微妙に重さが異なり、その日の湿度などに応じて使う駒を変えます。音色を調整するためです。

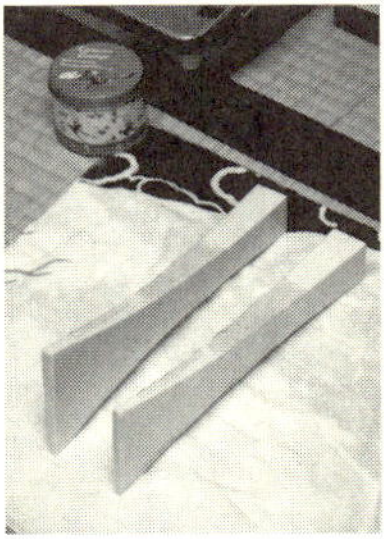

大きさは少しちがいますが、二丁とも義太夫三味線（太棹）用の撥（ばち）です。

床本です。よ、読めない……。三味線さんは、舞台ではなにも見ずに弾きます。尋常じゃない記憶力です。

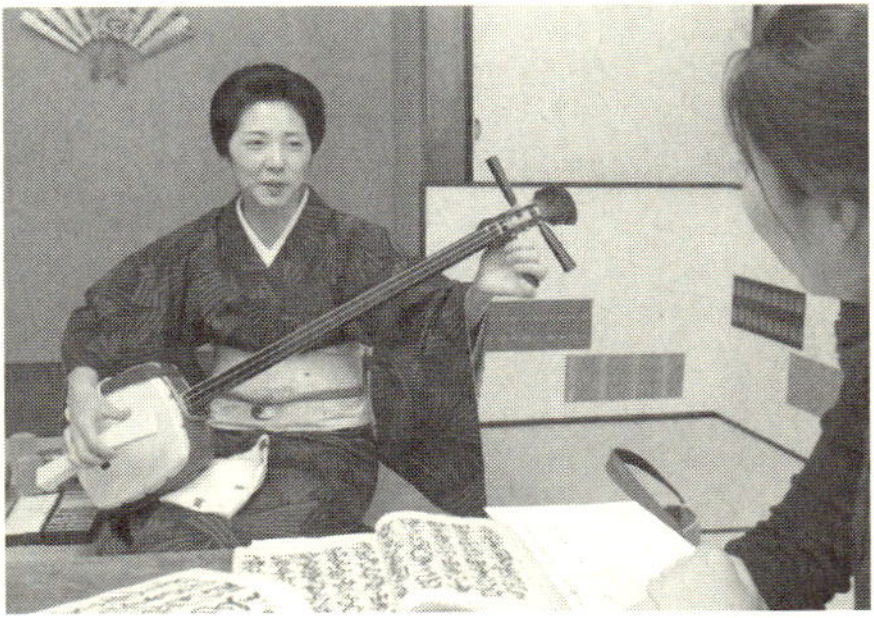

力強く凄みのある、しかし繊細さも帯びた寛也さんの三味線の音色。ぜひ公演で聞いてみてください。

三浦　三味線のプロになる、女流義太夫の世界に入るということについて、おうちのかたの反応はいかがでしたか？

寛也　身内に教師とか医者が多い、堅い家でしたから、大反対されましたね。趣味でやってるならいいけど、職業にするのはみんな大反対。

三浦　不安ももちろんおありだったんじゃないですか？

寛也　不安ねえ……（と遠い目をする寛也さん）。そうそう、すごく不安だった！　これまで、こういうインタビューを何回も受けたでしょう？　でもどうしても、自分の思いや考えは完全には伝わらない。インタビュアーの主観が混ざっちゃったり、私がうまく説明できなかったりで。だったら、誤解の生じようのない、すごーく単純化したわかりやすい物語を作っておけばいいんだ、とあるとき気づいたの。「入門に際して、不安なんてありませんでした。芸に一直線でした」と。その物語を繰り返し語るうち、本当に自分には不安なんてなかったみたいに思うようになっちゃってたわ、あはは。

三浦　えっ（笑）。でもたしかに、物語化するというのは、ある意味では話を単純化することですからね。記憶なんて、そういうものかもしれません。それで、呼び起こされた当時の「不安」の内実は、どういう感じのものですか？

寛也　「芸事は小さいときからやってないとだめなんじゃないか、もう二十二歳なのに」と思ったり、「一生やってみて死ぬころになって、『やっぱり才能なかった……』とわかったらどうしよう」なんて悩んだりしました。そんなときに本牧亭の廊下で、あるひとに、「そんなことを考えるようでは、最初からプロには向いてないわ」と言われた。彼女はびみょーに意地悪なおねえさんでしたから、その言葉も意地悪で言ったんだと思うんですが、私はこの一言で、「ああ、そんなこと考えなくていいんだ」って吹っ切れたんです。最近でこそ餓死のニュースがあるけど、そのころは「貧乏で食べられなくて死亡」なんて記事は見たことなかったから、まあ食べられなくても道端で死ぬまでのことはないなとか、他人と比べる問題じゃない、自分さえ満足できればいいじゃないかなんて、霧が晴れたように前向きに考えられるようになったんです。

三浦　もう芸人に向いているとしか言えない性格ですよ！　だってフツーは、「一生やってみて」って前提で悩みませんもん。「一生を賭《か》けるなんて、できるだろうか」って思いますもん（笑）。最初から「一生やる」覚悟はできていたということです。

寛也　向いているのかなあ。たしかに、義太夫なんて狭い世界ですし、いろいろあるけど、三味線をやめようと思ったことはないんです。思うように弾けなくて落ちこむことはあっても、いやな仕打ちを受けたりしたからやめてやる、とか思ったことはない。だから消極的に言えば、この世界に向いている性格かもしれませんね。

三浦　無事に寛八師匠に弟子入りされ、大阪でプロとしての活動をはじめられた。やってみて、いかがでしたか？

寛也　残念なことに、当時大阪では活動の場はあまり多くはありませんでした。東京の「義太夫教室」のように、若いひとが来やすい夜の時間帯の講座もなかったような気がします。

三浦　昼間の講座しかないと、これからプロになるかもしれない若いひとを、なかなか発掘しにくいですね。

寛也　東京はいろんなニーズに対応できるようになってる。この差は大きいです。仕事は、もともと本場ではない東京のほうが（義太夫は大阪発祥の芸能）、どちらかというと恵まれています。

三浦　そういう事情で東京に戻られたのですか？

寛也　いえ、寛八師匠が病気になられたことや、夫の東京転勤がきっかけです。まだ子どもが二歳だったので。結局大阪には九年いました。

三浦　芸に打ちこみつつ結婚や出産をすることに、勇気はいりませんでしたか？

寛也　悲壮な決意、みたいのはあまりなかったかなあ……。忘れちゃった。もちろん、日々の洗い物やお料理も楽じゃない仕事だと思いますが、昔は文楽の世界だって内弟子修業があって、師匠の家の炊事、掃除、洗濯はあたりまえだったわけです。でも子育ては、どうしても子ども優先にしなくちゃいけないし、時間が取られますよね……。そうなると地方や海外やその他もろもろの仕事が受けられなくなる。私が受けられないと、当然ほかのだれかの仕事になりますよね。一度ほかの芸人のものになった仕事は戻ってきません。これは大きいんです。仕事があるかないかは、芸人にとって本質的なことだし、精神的にとても大事なことですから。それに、いくつになっても毎日修業なので、休むと感覚を取り戻すのが大変なんです。だから子育て休業で、そのままやめちゃうひとも多いです。私も一年休んだけれど、やっぱり復帰してすぐは、全然手が動かなかった。でも子どもって、とってもおもしろいですよ。

三浦　最後に、どんな三味線を弾きたいと思ってらっしゃいますか？

寛也　手がまわる、つまり単にテクニックにすぐれていることより、太夫さんに「この子に弾いてもろたら、なんや知らんけど、語りやすいわ」と言われるような三味線。そしてお客さまの気分が、帰るときに高揚しているような三味線が弾けたらいいですね。派手というんじゃなくて、お客さまになにか訴えるものがある三味線、っていうか。

太夫を活《い》かし、観客を吸引する力のある三味線。寛也さんの舞台を聞いて、それを私はすでに何回も実感している。これからますます、寛也さんの芸は深い境地に達していくことだろう。強靱《きょうじん》な精神力と、広い視野に基づくしなやかな行動力が、寛也さんのお話しからはうかがわれたのだった。

みなさんもぜひ、機会があったら女流義太夫に触れてみてください。そのなかから、「プロとしてやっていこう」と決意するかたが、きっと現れると確信している。一生を賭けるに価する、深みと豊饒《ほうじょう》をたたえた世界。それが義太夫だ。バチを握るだけで「いでででっ」と悲鳴を上げた私は、残念ながら観客に徹するしかないのだが。

ふ

鶴澤寛也さんの公演情報などはＨＰをご覧ください。

www.tsuruzawakanya.com

鶴澤寛也さんが所属する「義太夫協会」のＨＰ。義太夫情報が満載です。

www.gidayu.or.jp

また、橋本治氏プロデュースのＤＶＤ『女流義太夫　人間国宝　竹本駒之助《こまのすけ》～ひらかな盛衰記より神崎揚屋《かんざきあげや》の段』で、寛也さんが三味線を弾いています。こちらもぜひご覧ください！　購入ご希望のかたは、寛也さんのＨＰ内「お問い合わせ欄」よりどうぞ。

漫画アシスタント　萩原優子

三十一歳　二〇〇八年一月

萩原優子（はぎわら・ゆうこ）
一九七六年神奈川県横浜市生まれ、平塚市育ち。
会社勤めをしつつ、二十歳で漫画アシスタントに応募し、採用される。
以来、プロアシスタントとして活躍中。

突然だが、私は漫画が大好きだー！

漫画家には何人ものアシスタントさんがつき、神業《かみわざ》的速さと正確さで背景を描いたりベタを塗ったりトーンを貼《は》ったりすると伝え聞く。漫画作品を支える頼もしき助っ人って、どんなひと？　知りたい！

そこでこの章では、漫画アシスタントのプロ、萩原優子さんにお話しをうかがった。萩原さんは、この道十年以上のベテランだ。少女漫画を中心に、あちこちの先生のところで仕事をなさっている。名前を言ったら、みなさんご存じであろう先生ばかりです。大興奮！

三浦　漫画を描くのがもとからお好きだったんですか？

萩原　遊び程度に。卒業記念みたいな感じで、中学三年のときに投稿してみるとか。

三浦　節目にはとりあえず雑誌に送る（笑）。部活が漫研だったんですか？

萩原　いえ、そういうことは一切なくて。

三浦　お友だちに見せるでもなく、独自に描いてらしたんですか。

萩原　あまり見せなかったですね。私は商業高校を出て、十八でＯＬになったんですけど、肌に合わないなと思って。当時の仕事になかなかやりがいを感じられなくて、ふと考えたときに、「あ、私、漫画描くのが好きだった」と。そのころはアシスタントって、二十歳以上という規定が多かったんですよ（現在は通常、十八歳以上）。それで、一年半ほど会社勤めして二十歳になったので、漫画雑誌でアシスタント募集をしていた先生に、とにかく履歴書などを送ったんです。

三浦　ああ、「集中線や背景を描いて送ってね」というアシスタント募集のお知らせが、たまに雑誌に載っていますね。

萩原　はい。先生が、「やる気があるなら、毎週末呼びますよ」と言ってくださったので、「じゃあＯＬ辞めて、そっちに絞りたいです」と。「この仕事で食べていくのは本当に大変だから、そんな気軽に辞めちゃだめよ」って言われたときには、もう会社に辞表を出しちゃっていたという……。

三浦　早い！（笑）　会社勤めのどこがそんなに肌に合わなかったんですか？

萩原　圧倒的に男性が多い職場で、でも昼間は女性が五人だけで、三人と二人にわかれていたんです。それでちょっと……。

三浦　派閥があって、居心地が悪かったんですね。

萩原　学生時代から、連れだってトイレに行ったりとか、そういうの本当に苦手で。

三浦　ありますねえ、女子の変な小グループ形成みたいなのって。おお、いやだいやだ。

萩原　すっごいいやで。三十歳の先輩が、「彼が結婚してくれない」ってずっと言ってて。

三浦　それはつらい環境ですなあ……。アシスタントに採用されたのはやはり、独学で培《つちか》った画力がおありだったからですか？

萩原　実は編集さんは、私のアシスタント応募原稿を見て、「この子は使えないから」って落としていたんですよ。

三浦　あらま。

萩原　でも先生が、「履歴書がしっかり書けているから、一度会いたい」と呼んでくださって。商業高校だったんで、履歴書の書きかたは万全なんです（笑）。それで先生のところにうかがったら、「あなたは全然描けないけど、一からというかマイナスから教えるから」と言ってくださった。

三浦　アシスタント募集って、「即戦力求む」ということかと思ってましたが、いい先生に出会えたんですね。
萩原　その先生も即戦力を期待して募集してたら、ちょっと変わったかたが連続で来てしまったので、いっそゼロから育てたほうが早いんじゃないかという話になったみたいです。
三浦　なるほど。協調性と社会性があるひとのほうがいいと、方針転換なさったんですね。
萩原　ＯＬもやってたし、履歴書も書けるし、絵は描けないけど、っていうことで（笑）。いろいろ教えてくださる先生で、本当に運がよかったです。
三浦　応募なさったとき、いずれは漫画家としてデビューするぞ、というお気持ちだったんですか？
萩原　その時点ではまったく。ＯＬを辞めたいということしかなくて、自分の居場所を探していたみたいな感じです。それでアシスタントをはじめたら、いい意味で変わったひとが多かったんですよ。人間にはすごく興味があるくせに、他人に干渉しない、群れないひとが多くて。
三浦　トイレに一緒に行ったりしない。

萩原　あと、アシスタントも漫画家の先生も、やっぱりすごく観察するかたたちなんです。だから三歩先ぐらいの会話をされる。刺激が多くて、ここなら成長できるんじゃないかと思ったんですよ。自分があまりに描けなくて、つらかった時期もあったんですけど。先生がけっこう率直に言うかたで、私も泣きながら、「できるまでやるから、やらせてよ」みたいな感じで。「泣いたらなんとかなるの？」と言われたことがあって、それからは泣くのはやめました。

三浦　修業ですね、まさに。

萩原　技術もですが、私が子どもだったんです。ほかの漫画家の先生のところにもアシスタントにうかがうようになって、五年後ぐらいに、最初の先生に「一人前の人間として認めた」という感じのことを言われたときは、すごくうれしかったです。

三浦　すばらしい関係ですね。ふつうはなかなかそこまで、注意したり教えたりできませんし、萩原さんも先生の言葉を真剣に受け止めて、「くそぅ」とガッツで成長された。

萩原　みなさん、もっとスムーズに成長されているんじゃないかな。私はＯＬもだめだったし、漫画の世界でもだめじゃ、あとがないような気がして。やめたらこのさきどうなるか、怖くてやめられなかったんですよ。

三浦　具体的に、どういう修業をすれば描けるようになるものなんですか。

萩原　まず生原稿を見ることで、すごく目が肥えるんです。手が動かないって結局、どういうふうに描けばいいのかわかってない状態なので、手よりも目を養って、自分が描けないということを自覚することからスタートするんです。さすがにどんなド素人《しろうと》でも、生原稿を見れば、「あ、私の描く線とちがう」とわかります。箱とか階段とかの「縁《ふち》の部分」「山折りの部分」「谷折りの部分」は、一本のペンでそれぞれちがう太さとニュアンスの線を引きます。「その三本の線を覚えなさい」と先生がお手本を描いてくれるんですけど、お教室ではないので、いきなり先生の生原稿に、それを模写するんです。

三浦　えっ、それは緊張しますね。まちがえちゃったら、どうするんですか？

萩原　そのときは、ホワイトで……。

萩原さんが、アシスタントの道具を見せてくださった。ホワイトとは、修正液のことだ。ほかにも、三センチほどのジャムの瓶に小分けした墨汁、ペンや定規やカッターなど、使い慣れたものをいろいろ持ち歩くそうだ。もちろん、墨汁やペン先の種類を決めている漫画家も多いので、その場合は先生の仕事場にあるものを使う。
先生の好みに合わせて、使い慣れない道具もちゃんと使いこなす。うーむ、生半可な技術ではできない、大変な仕事だ。

三浦　やっぱりアシスタントさんによって、得意な線ってあるんですか？
萩原　ありますね。私は少女漫画中心で、細い線一本で表現される先生が多いので、たとえば劇画タッチの写実的な絵を求められると、ちょっと戸惑います。
三浦　「少女漫画の線」と言っても、先生によって線は全然異なりますから、高度な専門性と同時に、臨機応変も求められますね。
萩原　そこが一番、難しいと思います。
三浦　萩原さんは、主に背景をお描きになるんですか。それとも、群衆とかトーン処理とかでしょうか。
萩原　全部ですね。トーンの削りかたも、削り跡をシャープに残すか柔らかく残すかなど、先生によって変えます。

と、カッターでシャシャシャシャッとトーンを削る萩原さん。

萩原　よく見ると、トーンって点の集合体になっているんですが、点をまるまる一個削っちゃうと、間が抜けてしまってだめなんです。点の一部分だけを削るようにして……。

三浦　おお！

トーンによーく目を凝《こ》らすと……、ホントだ！　一個の点の一部分だけ、正確に削られている（点の直径は〇・二ミリとかの世界だ）！　こんなことが人間にできるのか。

三浦　米粒に経を書くようなものですよ、これ。

萩原　あ、それは本当にできるんじゃないかなと（笑）。だれかやってみなよって、アシスタント仲間とたまに言ってますよ。

三浦　いやあ、すごい。

萩原　合宿みたいに、みんなでわいわい描いていくのは楽しいです。気づいたら二十時間以上作業しつづけてるな、というときもあって、眠いので歌とか歌ってるんです

アシスタント七つ（?）道具。整理、管理がきちんと行き届いています。

トーン削りを実演してくださる萩原さん。まさに神業でした……！

実際に萩原さんが手がけられた背景を食い入るように眺めてます。すごい、いつも愛読してる作品ですよ……！

よ。

三浦　疲労がピークに達して、おかしな脳内麻薬が分泌《ぶんぴつ》されてるんですね……。

萩原　待機中の編集さんも反復横飛びとかしはじめて、隙《すき》あらば一枚でも持っていこうとする（笑）。

三浦　印刷所へダッシュするために、反復横飛びで体を温めてる（笑）。仲間と同じ空間で仕事をする楽しさがありますね。いいなー。

萩原　一人でやっていたら、相当きついんじゃないかと。

三浦　きついですよ……（しみじみ）。

萩原　ですよね（笑）。

三浦　うしろに仲間がいるから、先生もすごく心強いでしょうね。「ここまでやったら、アシスタントさんが完璧《かんぺき》に仕上げてくれる。もうちょっとだ」と思える。

萩原　そう思っていただけたらいいな、と。

三浦　絶対そうですよ。私いつも、「だれか風景描写頼む」って、つぶやいてますもん。アシスタントに行ってる期間は、生活費は先生持ちですか？

萩原　はい、賄《まかな》っていただいてます。

三浦　トータルで何人ぐらいの先生のところに行ってらっしゃるんですか？

萩原　日帰りの先生や、半年にいっぺん呼ばれる先生を含めると、十人ぐらいでしょうか。月刊や隔月の雑誌で連載中の先生に、定期的に呼んでいただくんですが、各先生の締め切りが集中する月は、二十四日間、働いたりします。

三浦　泊まりの仕事も多いでしょうから、家に帰れませんね。近所のひとも、「どこ行っちゃったんだろう」と噂《うわさ》してたり。

萩原　隣の家のひとに、「優子ちゃん、ここに住んでるのよね？」って言われたことあります。二週間ぐらい帰ってなくて、どんな放蕩《ほうとう》娘だ、と（笑）。

三浦　そういう旅暮らしみたいな感じも楽しいですね。変化があって。

萩原　楽しかったです。でも二十代後半から体力がもたなくなってきて、いまは月に二十日前後になるように調整しています。

三浦　「来てくれー！」という急な依頼は、編集さん経由で入るんですか？

萩原　私の場合は、アシスタント同士で呼びあうのが多いです。アシスタント友だちにだったら、「その先生のところはご飯出る？」「いや、締め切りまえは自分でパン買ってったほうがいいよ」とか、ぽこっと聞けるので。新人の先生だと、ご飯のことに気がまわらなくなっちゃうかたもいるんですよ。

三浦　先生はアシスタントさんに、どういうふうに仕上げてほしいと指示なさるんで

すか？
萩原　いろいろですね。細かく指示するかたもいますし、「華やかにしてください」みたいに指示するかたもいます。
三浦　それは漠然としてますね。
萩原　私、華やかな仕上げとか苦手なんです。「トラック描いて」と言われたら、「オッケー！」ってなるんですけど。
三浦　無骨《ぶこつ》系。
萩原　無骨系。大好きなんですよ、建物とか車とか描くの。反対に、私の描く食べ物は鉄みたいですね。すごくまずそうです。男性の先生のところに行くと、「萩原さんは少女漫画のアシスタントをすることが多いから」と言って、親切心で「バラの花束」とかを割り振ってくださるんですよ。
三浦　ところが、鉄じみたバラの花束が。
萩原　もうホントに、ティッシュのバラじゃないかと。「お願いします、校舎か車をくれませんか」って感じなんですけど（笑）。
三浦　いやいや、そうおっしゃりつつ、少女漫画スピリットで素敵なバラを描きあげられたと推察します。アシスタント料には、一日いくら、という目安はあるんですか？

萩原　ないですね。先生から値段聞かれると、答えに困っちゃいます。先生によって、いただく額が全然ちがうので。

三浦　どういう職場が、一番やりやすいですか？

萩原　最終的には、有名な作家さんだからとか、好きな作品だからというより、先生や仕事場の魅力ですね。そういう仕事場に残るにはどうすればいいかというと、私の技術が高ければ、次も呼んでもらえる。漫画を描くのが好きっていうのがわかる先生には、ついていけます。自分の作品を大事にしているかたは、ひいては私たちアシスタントが描いたものも大事にしてくださっているということなので。

魅力的な先生についているアシスタントはまた、みんなおもしろいんですよ。おうちに遊びにいかせてもらったら、一枚板にバーッと絵の具が塗ってあって。「なんだか高そうな絵が……」と言ったら、「あ、それ、十五分ぐらいで描いたんだよ」って。あんたいったい、どこの莫山《ばくざん》先生なんだ、と。

三浦　そのバランスがおもしろいですね。莫山先生的変わり者な部分もあるけど、仕事場では先生の要求を的確に察して応《こた》える協調性もある。いついかなるときも変人では、アシスタントはできないですよね？

萩原　できないです。ひとに合わせる、みんなでひとつの作品を完成させる、ということが、まず第一の仕事なので。先生がなにを求めているのかを読み取って、「一」を言われたら「三」で返さないといけない世界だと思います。

三浦　協調性も必要。でも、己れをしっかり保って技術を高めることも必要。難しいですね。

萩原　言われてみればたしかに、真逆の能力を同時に求められていますね。アシスタント同士で、ときどきぶつかるんですよ。「あなたの描いたこの背景は、前回とちがってる」と。衝突を避けてこっそり直しちゃうと、その子はまちがえたことに気づかないまま進んでしまう。先生が笑って済ませてくれたとしても、印刷に乗ったら取り返せないものなので、また次回にまちがいを描かれたら困る。だから、そこははっきり言わなきゃいけないんですよ。私が言われることもあります。でも、後腐《あとくさ》れはないんです。夜中に仕事が終わったりすると、「じゃあ朝まで寝て、みんなで深大寺《じんだいじ》に寄って帰ろうか」と。

三浦　「『鬼太郎茶屋』行こうよ」と。熱き団結というか、ちょっと青春時代の部活動に似たノリを感じますね。

萩原　どんだけ顔を合わせていたいんだって感じですよね（笑）。

三浦　萩原さんは、どんなアシスタントさんでありたいですか？

萩原　「背景も群衆もなにもかも、先生が百パーセントご自分で描いたら、こうであっただろう」というところに、いかに近づけられるかがアシスタントの腕なので、そのへんにだけはプライドを持っています。先生とすごく細かくやりとりして、線の太さとか、白く残すところとかを決めてるんですよ。あと、先生の過去の作品を思い返して、「こういう場合だったら、先生ならこうするだろう」と、想像しつつ描くようにしています。やっぱりそれを求められているんだろうなと思うので。技術云々《うんぬん》より、最終的には精神論になっちゃうんですけどね。

三浦　デビューしたての先生についたときには、「こうしたほうが要領よくいきますよ」と、さりげなく伝授したりもするんですか？

萩原　伝授とまではいかないんですけど、やっぱり年齢が近いかただったりすると、向こうも聞きやすいんでしょうね。「よそではどうですか」と聞かれれば、答えるようにしています。私が締め切りまでいられないときは、「大きいコマをさきに仕上げちゃいましょう」とか、「見せゴマは元気なうちに終わらせましょう」とお願いして、それを済ませてから、私も安心して帰る。

三浦　そういう優先順位も、新人のころはわからないですもんね。……そうか！　どうして漫画界がいつまでも最先端の表現を生みだしつづけられるのか、その秘密の一端を、いまちょっと感得しました。アシスタント制というのは大きいですね。一人の人間では限界があることも、みんなの力があればできる。アシスタントさんがいろんな仕事場を行き来することによって、実作面でのノウハウやコツも受け継がれる。漫画界では、技術レベル・実務レベルでの刺激や伝達が常に起こっているんですねえ。

　ところで、我輩の独自調査によると、萩原さんご自身もデビューなさってますよね？

萩原　はい。いちおう掲載雑誌を持ってきましたが……。口ではすごいこと言うのに、描いてるものは全然しょぼいっていう……。

三浦　なんで自分でさきにツッコミを入れてるんですか（笑）。……（熟読中）……。

萩原　本当に恥ずかしいんですよ、それ。二〇〇三年の投稿作なので……。

三浦　……（熟読中）……このこわもてがヒーローなんですか。

萩原　……ヒーローかもしれません。

三浦　やっぱりトラックが出てきた！　あっ、ヒロインがうんこ座りしている。すごい展開だ。おもしろいですね！

萩原　王道の少女漫画が描けないんですよ。

三浦　そこがすばらしい（笑）。でも、ちゃんと胸キュンできます。

萩原　そう言っていただけるとうれしいです。自作を描くときは、「絶対に『一話一キュン』！」と決めてて。

三浦　名言だ。キュンは大事ですよね！　今後の目標はありますか。

萩原　アシスタントとしての目標は、「現状維持」です。いま、本当にいいかたに恵まれてるので、このまま精進していきたいなと思ってます。個人的には、自分の作品でもう少しなんとかしたいな、そろそろ、って思います。

高いプロ意識をもって作品に取り組み、技術を磨きつづける萩原さんは、とてもユーモアがあって、まわりをリラックスさせる雰囲気の持ち主だった。こういうすごいかたが集まり、力を合わせることによって、漫画界に豊饒《ほうじょう》がもたらされているのだなあと、感激もひとしおだ。

私の今後の楽しみは、萩原さんの新作を拝読することと、萩原さんがアシスタントしたコマを見つけだすことである（各先生の線のニュアンスを巧みに描きわけられているので、発見は難しそうだが……）。

ふ

「萩原優子さんにぜひアシスタントをしてほしい！」という漫画家さんもおられるかと思いますが、連絡先は非公開だそうです。あしからず……。

フラワーデザイナー　田中真紀代

三十三歳　二〇〇八年五月

田中真紀代（たなか・まきよ）
一九七五年埼玉県生まれ。
短大卒業後、会社勤務をしながら資格取得。
約八年間の花店勤務や海外留学を経て、フラワーデザイナーの仕事をはじめる。

「子どものころ、お花屋さんになりたかった」というひとは、けっこう多いのではないだろうか。断然「花より団子」派の私でも、美しい花に囲まれて働きたい、と願う気持ちはわかる。この章では、フラワーデザイナーの田中真紀代さんにお話しをうかがうことにした。

花を扱う仕事は、イメージに反して重労働なのだそうだ。水を使うので重いし手が荒れる。バラなどのトゲが指に刺さったり、ナイフで怪我《けが》をしたりもする。しかも立ち仕事なので、腰痛《ようつう》や足のむくみや冷えも悩みの種らしい。田中さん曰《いわ》く、「きれいなのは花だけです」とのこと。そんな、チビッコの夢を壊すような発言を……!?　どうやらまたも、おもしろいかたに巡り会えたようである。ではでは、行ってみよう！　お花のプロって、どんなひと？

三浦　ご出身はどちらですか？

田中　埼玉です。家に庭があって、父が園芸が好きだったので、常に四季折々の花や植物が見られる環境でした。母も華やかで美しいものが好きで、その影響と自然好きの父の影響とが合わさって、いまの仕事につながったのかなあと思います。

三浦　庭にはどんな花が咲いていましたか？

田中　春はたくさんの花が咲きます。チューリップ、ムスカリ、水仙、花水木、椿《つばき》、木蓮《もくれん》。夏は向日葵《ひまわり》や朝顔、紫陽花《あじさい》、立派なバラや芍薬《しゃくやく》も。キュウリやトマトやナスなど、野菜もあります。秋は山茶花《さざんか》、金木犀《きんもくせい》。もみじなどの紅葉も。冬は室内で蘭《らん》やシクラメンを楽しみます。父は果樹を育てるのも好きで、梅の木、柿《かき》、ザクロ、ラズベリー……。梅干とかカリン酒とかザクロ酒とか、いろいろ作って。

三浦　おお、本格的なお庭ですね。楽しく花と親しまれてこられたのでしょうね。小さいころに華道を習ったりはしましたか？

田中　高校生のときに半年ほど、ちょっとかじったぐらい。華道は、ある程度の知識や技術を習得するまでに時間がかかりますし、高校のクラブ活動ですから花材や課題も指定されていて、自由度が高くなかったので、あまり面白味を感じなかったんです。大人になってから花の世界に触れて、「あ、こんなに自由にできるんだ」と知った、という感じですね。

三浦　いつごろから、フラワーデザインを職業にしようと思われたんですか？

田中　短大を出て、父の知りあいの会社でＯＬをやっていたんです。入社して一年目ですぐに、ああ、私は事務には向いてないなって（笑）。事務をやるにしても、なにか生きがいになるものをべつに見つけないといけないなと思って。「趣味でやるのか、なにか資格を取るのか」と考えることからはじまって、さまざまな資料を集めましたから、なんでお花に行き着いたかっていうのは、本当に自分でもわからないですね。

三浦　お花以外の、第二候補はなんだったんですか。

田中　「宅建」を取ろうかなと。

三浦　ふふ、なんだか堅実そうな響きです。

田中　全然かけ離れている（笑）。短大では食物栄養学を勉強していたのですが、就職したのは測量とか設計をやっている会社で、まったくちがう分野でわからないことだらけだったんです。なので、仕事に活《い》かせる知識を学んだほうがいいのかなと、「宅建」と思ったのですが……。当時私が会社でやっていたのは、「航空写真測量」に関する仕事です。セスナで上空から写真を撮って地図を作り、そのあとに測量計画を立てて実行するんですが、それにかかる費用を算出し、見積書や図面を作る仕事をしていました。この作業が、いずれ衛星で写真を撮るＧＰＳに取って代わられることは予測がついたので、どうしようかなと。総務や経理に異動になったとしても、自分にはもっと向いていないとわかっていたので……。やはり、やりたいことやろうかなって、フラワーデザインの資格を取れる教室に通うようになったんです。

三浦　その資格を取ると、フラワーデザインをひとにも教えられるようになるということですか。

田中　三級からはじまって、何回か試験があり、一級合格後に数日間研修を受けて、講師免許取得となります。免許を取得できれば、自分でスクールを開くなり、どこかのスクールの講師として雇ってもらうなり、選択肢が増えてきますね。

三浦　資格を取るのに、何年ぐらいかかるものなんですか？

田中　各級によって必須《ひっす》単位があるので、週一回から二回のペースで通って、三、四年ぐらいかかります。デザインの歴史などを問われる筆記試験と、実技の試験があって、一級ずつ合格するために一年かけて単位を取得しなくてはいけないんです。花屋さんなどでの就業期間も、何カ月以上と条件があります。

三浦　それは最後までたどりつくのが難しそうですね……。

田中　「試験だけのために通うのはいやだ」と、大半が三級取得後に辞めていかれますね。フラワーデザインを楽しみたいなら、お花屋さんなどがやっているスクールに行くほうがいいので。現在は試験内容が変わったんですが、当時の実技試験は花材も形も決まっていて、それにいかに忠実に、いかに短い時間で作れるかというのが課題なので、飽きてしまう子もいて。毎回同じものを作るという練習なので。

三浦　やはり技術というか、ノウハウをつかむためには、そういう練習法が結局は近道なんでしょうか。

田中　基礎ができているかどうかで、応用力の幅がちがうと思います。ある程度の発想があれば、「こういうものが作りたいな」までは行けるんですけれど、じゃあどうやって作るかというところでつまずいてしまったり、イメージしたのとちがうものができあがってしまったり。

三浦　教室で一緒にやっていると、センスのあるなしというのは明確にわかっちゃうものですか？

田中　それぞれの好みですけれど、「このひとの作るものはいつもきれいだな」とか「このひとは私とは趣味が合わないな」とか、あとはやはり手先の器用さや性格はすごく出ますね。「まっすぐ挿しなさい」と先生に言われたとして、課題やサンプルに忠実なひとと、アドバイス程度に参考にするだけのひとがいます。

三浦　田中さんはどっちだったんですか。

田中　私は、試験課題のときはけっこう緻密《ちみつ》に、まっすぐと言われたらきれいに立てるんですけれども、自由課題になると、なかに勝手な自由さが少しあるという。

三浦　やや奔放（笑）。スクールの課題をご自宅で練習されたりもしたと思いますが、いつも生花を使うというわけにはいきませんよね？

田中　切り花というのは、一度切ってしまったら、また練習に使おうと思ってもうまくいかないんですね。どんな花をどこに挿したいかでカットする長さが変わるため、短すぎてしまう場合があるので。それで先生に、割り箸《ばし》を使いなさいと教わって、私は割り箸で練習していました。割り箸を二本つなげて、長くしたものをカットして挿す練習です。たとえば放射状に丸く挿すレッスンがあるとしたら、割り箸を切って、きれいに何秒で挿せるか、みたいな。バランスや、何センチに切るかという感覚を養えます。

三浦　割り箸特訓法！　そうして技術を体得しつつ、会社で働きながら資格を取られたんですね。

田中　正確には、そろそろ資格が取れるかなという時期に、四年間やったＯＬを辞めて、お花屋さんに勤めるようになったんです。最初はお花屋さんで働くより、フラワーデザインの先生になりたかったんですね。でも先生になるにしても、将来お花屋さんになりたいという生徒さんが来るかもしれない。そういうひとにアドバイスできないのは良くないかなと思って、経験のためにお花屋さんに転職したらはまってしまった、という感じなんです。

三浦　お花屋さんのどういうところが楽しいと思われましたか？

田中　もともと私はサービス業に向いていないと思っていたんです。接客とかも消極的な感じだったんですが、やりはじめてみたら、やはりお客さんの喜ぶ顔だとか、お客さんの要望にどれだけ自分が応《こた》えられるかとか、その挑戦がおもしろいなと。

三浦　たしかに、お花屋さんで花束を頼むとき、「白を中心に二千円ぐらいで、でもできるだけ大きく！」などと、無茶かつ漠然とした注文しかできないのに、それでもすばらしい花束を作ってくださる店員さんっています。そういうときは思わず、技術と感性とプライドに乾杯してしまいますね。

田中　期待以上のものをどれだけ作れるかというのが、すごく楽しいですね。

三浦　予算を大幅にオーバーする心配もなく、予想を超える華やかな花束を目のまえで作ってもらえる。ケーキやパンだと、基本的にはできあがったものが店頭に並んでいるし、あれはお花屋さんぐらいでしか味わえない楽しみですよね。

田中　既製品じゃないおもしろさですね。

三浦　子どものころから、ものを作ったりするのがお好きだったんですか？

田中　はい。図工の時間が大好きでした。自宅学習で課題の計算ドリルをやって、次の日に先生に提出するとかってありましたよね。ああいうのも、あまり算数や国語はやらずに、「先生、私は昨日、絵を描いてきました」と提出するタイプでしたね。

三浦　ぶはは。それはちっとも課題じゃない。自由研究ですよ。

田中　先生も駄目とは言えずに。

三浦　もう描いてきちゃってるから（笑）。なんだかフリーダムというか、「やや」どころじゃない奔放な精神を感じますねえ。

田中　お花屋さんでは車の運転が必要だろうと思って、転職する半年まえに免許を取ったんです。私は絶対に運転が苦手なはずだという気がして、早めに。でも、運転技術が向上するまで、けっこうかかりましたね。

三浦　そ、それはやはり、奔放な精神が運転にも反映されたのでしょうか……。自己分析も万全で、計画を綿密に立てて実行なさるのに、落差が愉快ですね。お花屋さんで運転というと、市場へ行くとか配達とかですか？

田中　最初に勤めたお花屋さんは、店主のかたが市場に行くので配達だけでした。そこは老舗《しにせ》の、昔ながらの町のお花屋さんだったので、二年半ぐらいいましたが、基礎というか最低限勉強しなくちゃいけないことを徹底的にやらせていただきました。
　市場からは水がついていない状態で花を買ってくるので、まず水を吸わせて元気にしてあげる作業をします。水揚げというんですが、これがうまくいかないと、花の保《も》ちが悪かったり、きれいに咲かなかったりするんです。

三浦　市場で花を選ぶときにも、築地《つきじ》で魚の鮮度を見るようなコツがあるんですか？

田中　ありますね。たとえば同じ品種、同じ色のチューリップでも、新鮮かとか、アレンジに使ったときに自分のイメージに合う花びらの開きかたかとか、やはり見てわかります。鮮度のほかにも、気候による出来、不出来を見わけたり、「どこどこ産の○○はいい」など、口コミ情報も重要です。枝物でも、枝ぶりとか、紅葉しているものを買う場合には、あまり赤くなっているとおもしろくないとか。

三浦　素人《しろうと》からすると、赤く色づいた葉を選んだほうがいいように思えますが、ちがうんですか？

田中　真っ赤に紅葉したものは、すぐに目が飽きてしまったり、散るのが早かったりします。まだ緑の残った紅葉のほうが、ディスプレイやアレンジの幅が広がるし、保ちもいいんですよ。

三浦　なるほど。水揚げ以外の、お花屋さんの基本的な作業ってなんですか？

田中　一番の基本は掃除です。二番は接客、配達。ほかに、もうそろそろ盛りを過ぎたかなというお花を店内のディスプレイにまわしたり、活けこみに行ったりとか。

三浦　活けこみ？

田中　レストランやホテル、オフィスへお花を活けに行く作業です。だいたい週に一、二度、定期的にうかがって、指定の器に花を活けたり、メンテナンスを行ったりします。ほかにも、週末にはブライダルのお花があったり、葬儀部門を持っているお花屋さんもあります。

三浦　そうか、祭壇を飾りに行くんですね。

田中　私が二軒目にお世話になったお花屋さんが、葬儀がすごく強い会社だったので。

三浦　お花屋さんによって、得意分野があるんですね。

田中　ええ、私は葬儀担当ではなかったんですが。そこは農地も持っていて、菊を栽培していました。大きな祭壇が収納できるようなエレベーターがあったりとか。一段一段それぞれ飾り終えたものを、そのまま四トントラックに載せるんです。プールサイドのような床になっていて、みんな長靴で菊を挿していく。フラワーデザインというよりは、もう建築みたいな。

三浦　すごい世界ですねえ。

実際に使っている道具を見せていただいた。黒い革のシザーケース。腰に巻くタイプの、ぺったんこな四角いバッグだ。小さいポケットがいっぱいついていて、フラワーアレンジ用のハサミやナイフやペンが入っている。どの道具にも、丁寧に扱っていることがうかがわれる風合いがある。

ナイフは、後述する留学の際に、オランダ人の先生から記念にもらったものだそうだ。刃の先端が突起しており、ちょっと見たことのない形をしている。田中さんもこの形状を不思議に思い、先生に理由を尋ねたかったのだが、言語の壁に阻《はば》まれて果たせなかったとのことだ。

紫陽花のように、茎の内部に綿のようなものが詰まっている植物の場合、その綿をかきだすと水をよく吸うようになるらしい。かきだすときに、ナイフの突起部分を使うとやりやすいことを発見し、田中さんは謎《なぞ》の突起を活用している。

三浦　築地の魚市場の映像を見ると男性が多いですが、それに比べると、大田《おおた》の花市場は女性が多いですか？

田中　全然多いですね。ただ、男っぽい女性が多いです。これは時間帯にもよって、午前四時から七時ぐらいまでのあいだはお花屋さんがメインなので、さばさばきびきび動く感じのかたが多いんですが、それ以降の時間になると、スクールの先生や自宅で教えていらっしゃるかたなどが優雅に買いに来られますね。

三浦　ちょっと有閑マダムっぽいんだ（笑）。

田中　早い時間帯は、みんなジーンズにTシャツ、ノーメイクで台車をガラガラ押しながら花を担《かつ》いでたりするんですが、遅い時間になるとハイヒール履いて、カート引いてカラカラと。

三浦　ほほう（と、やや腹黒く微笑）。市場に並ぶ花の種類って、何百とあるんでしょうね。

田中　東京の大田市場では、一年に約二万種の花が流通し、毎年三千の新品種が出現しています。全国では、三万種の花が出まわっていて、流通していない品種も一万種以上あると言われています。

三浦　ひえぇー、万の単位だったか！　じゃあ、市場ではじめて見る花、名前のわからない花も多いですか？

田中　けっこうあります。市場でも品種名が表記されない花や、認知されていない新品種の花が出てたりします。
三浦　新しい品種が、そんなにポコポコ生みだされているとは……。
田中　そうですね。品種改良していて、こういうのができちゃったからという、試作的なものがたまに出てきたり。
三浦　なんだかわからないものができちゃったけど、売れるかな、という。
田中　ごくまれですが、あとで雑誌で名前を募集しているのを見たこともあります。
三浦　花の名付け親になれるかもしれないと思うと、わくわくしますね。二軒目のお花屋さんには、何年ぐらいいらしたんですか？
田中　そこも三年弱ぐらいです。
三浦　お花屋さんで修業しよう、将来独立しようというひとは、そういうペースで店を移ることが多いんですか？
田中　店自体が変化することがあまりないかわり、ひとの入れ替わりは多いですね。だいたい二年ぐらいで、そのお店のスタイルや仕事の流れもわかるし、やはりもう一ランク、レベルが上のお店に行こうかなと思いはじめる時期なんですね。
三浦　レベルというのは、店の規模とかではないんですよね？
田中　技術的なレベルが高い店、作っているブーケやアレンジが素敵だなと思える店に、どんどん移っていく感じですね。接客や仕事に対する意識の高い店を見つけて、転職していくひとが多いです。業界のなかでは有名だけれど、一般的にはあまり知られていない店というか。

三浦　業界で知られているというのは、最先端のデザインだという意味なんでしょうか。

田中　やはりデザインやきめ細やかな技術、細かいところまで気をつかっているなというのは、同業者じゃないとわからない部分があります。

三浦　たまに、たとえば六本木とかのお花屋さんでお願いすると、見たこともないお花を使って、「宇宙か、こりゃ!?」って驚くような花束を作ってくれますよね。

田中　私はいま、それこそ六本木のお花屋さんに勤めながらフリーの活動をしているんですが、お客さまがお店でアレンジを見て、「こんなふうに作れるの！」とびっくりして買っていかれたりします。

三浦　二軒目のお花屋さんを辞められてから、すぐに六本木のお店に移られたんですか？

田中　いえ、二〇〇六年にオランダに留学しました。私は英語が全然しゃべれなかったので、急いで英語教室に通って、専門用語とか質問の仕方を詰めこむだけ詰めこんで。

三浦　運転免許にしろ英会話にしろ、苦手だったことに果敢に挑まれてますね。留学先をオランダにしたのはなぜですか？

田中　もともとはドイツに行きたかったんですが、職人を育てる国なので、短期で学ばせてくれるスクールがなかったんです。それで探してみたら、ドイツスタイルに一番近いのがオランダスタイルかな、と。アールスメアという世界最大の花市場がある町のスクールに行って、ここでヨーロッパスタイルの基礎から応用までを徹底的に叩《たた》き込まれて、それからゴーダという町のスクールに移りました。

三浦　オランダで学んで、自分のフラワーデザインが変わった、という点はありますか？

田中　やはり自由さが増しましたね。

三浦　お話しをうかがっていると、もとから自由な性格だったようにも思えますが……。

田中　はい（笑）。でも、いまの流行《はや》りはなんだろうとか、気にしすぎていた部分はあったんです。けれどもオランダの先生に、「もっとおもしろいことをしなさい、ふつうでおさめるな」って常に言われて。なんだ、好きにやればいいじゃないかって、もうちょっと気楽に考えられるようになったんです。

三浦　いまは六本木のお花屋さんで働きながら、田中さん個人でもネットでお店をやっていらっしゃいますが、オランダから戻られてすぐに、フリーのお仕事をされるようになったんですか？

田中　はい。「Gemstone Flowers」というネットのフラワーショップをはじめました（現在は閉店。二〇一四年より、屋号を「MAKIYO.」に変更）。将来、完全にフリーになったときのための、試作というか練習みたいなものですね。

三浦　ジェムストーンって、どういう意味ですか？

田中　宝石の原石っていう意味です。お花って活けかたや見かた、合わせかたによって、イメージが変わってくる。宝石もそうですよね、削りかたやつけかたで変わる。ひとも同じで、生きかたによって輝きかたとかが変わってくるんじゃないかなという、いろんな絡《から》みでこの名前をつけました。たとえば私が作ったブーケを見て、お客さんが「頑張ろうかな」っていう気持ちになったりとか、そういう変化が起きたらうれしい。ひとの人生にもそういった輝きを与えられるような仕事がしたいなと思って。

三浦　今後の展望というか夢を教えてください。

田中　将来的にはアトリエを構え、お花の注文を受けたり、レッスンをしたりする場

お花畑にうっとりと見入っています。なるべく小さくなろうとしているようですが、無理そうですね……。

シザーケースに載った二本のナイフのうち、左がわのものの先端部分をご覧ください。これが「謎の突起」です。

再び、カラーじゃなくて残念ですが……。シックだけどロマンティックなムードがあふれています。

所にしたいです。もっとさきの未来としては、昔の私みたいに、お花の道に進んでいきたいなというひとに、なにか支援できればいいなと思っています。たとえば留学のお手伝いだったり、フラワーデザインを勉強したいというひとたちと一緒にツアーを組んでみたりとか。

田中さんにお願いして、作品を作ってきていただいた。写真をカラーでお見せできないのが残念だ！　ひとの顔みたいな小さな花は「パフィオ」という蘭、白い花は「ラナンキュラス」、おいしそうな実は「イタリアンベリー」、葉っぱは「ヒューケラ」だそうだ。居合わせた一同、感嘆のため息で酸欠気味になる。

「畑をイメージした」という籠《かご》のなかは、清涼な風が吹き抜ける、ひとつの世界になっていた。凛《りん》としたうつくしさを醸《かも》しだしつつ、柔らかな流れも感じる。私は小さくなって、この花畑に入っていきたいと思った。

自宅に持ち帰らせていただいたのだが、花籠を眺めながら寝起きした一週間ほどは、とても幸せな気分だった。ああ、田中さんがおっしゃったとおりだ、と思った。

花には、フラワーデザインには、だれかの生活を、生きる時間を、輝かせる力がある。うつくしいものを愛し求める魂が、自分にも備わっていたんだなと気づかせてくれる、魔法のような力が。
その力を体得するための、田中さんのたゆまぬ努力。常に新しい世界を開拓しようとする自由な精神のありようは、きっとこれからも、多くのひとの暮らしに幸福と輝きをもたらしつづけるだろう。

ふ

田中真紀代さんのブログです。ワークショップの案内もこちらに掲載予定とのことです。
http://gemstone87.blog85.fc2.com/
Instagramには、お花の写真をアップしていくそうなので、ぜひチェックしてみてください。
makiyo.tanaka

コーディネーター　オカマイ

三十二歳　二〇〇八年八月

オカマイ

一九七六年生まれ。

高校在学時より雑誌編集部に出入りし、人材派遣・コーディネーターの仕事を独自にはじめる。

一九九八年イエローキャブに入社。制作宣伝部主任として、佐藤江梨子、小池栄子、ＭＥＧＵＭＩなどを担当する。

二〇〇二年に退社し、フリーのコーディネーター、ライター、作家、通訳、海外アーティストのアテンドなど、幅広く活躍中。ＭＥＧＵＭＩとはじめたフリーマガジン「ＦＲＥＭＡＧＡ」も現在八年目となる。

ジャマイカ在住六年半。これまで旅したのは五十四カ国。著書に旅のノウハウをまとめた『「危ない」世界の歩き方』『危ない世界の歩き方　危険な海外移住編』（彩図社）がある。

週刊誌にはグラビアがついていることが多い。水着姿の、ナイスバディでかわいい女の子たち。海辺でポーズを取ったり、なぜか線路のうえを（水着で）歩いたりしているグラビアアイドルを、みなさんも誌面で目にしたことがあるだろう。

グラビアって、いったいどんなふうに撮るの？　ロケ地や撮影コンセプトって、だれが決めてるの？　そういう疑問を、コーディネーターのオカマイさんにぶつけてみた。

オカマイさんは、芸能マネージャーとして小池栄子さんや佐藤江梨子《えりこ》さんやMEGUMIさんを担当し、コーディネーターとして独立してからも、さまざまな雑誌や写真集やDVDを手がけている。タレントさんの信頼も篤《あつ》く、フル稼動《かどう》の日々なのだ。

オカマイ　三浦さん、高校は横浜雙葉《ふたば》なんですよね。私は鎌倉女学院で、さっきネットで見ていて、「あれ、近所だ」って。同い年ですよね、私たち。

三浦　何年生まれですか？

オカマイ　七六年。

三浦　あ、同じです。

オカマイ　横浜に、学校が終わってみんなで集まる場所があって。西口のマクドナルドの二階なんですけど、いろんな学校の子がたむろしてて、くだらないことをしゃべってるんですよ。横浜雙葉の子ともよく遊んで、KちゃんとかSとかOとかTとか。

三浦　はいはい、みんな同級生です。でも、私はオタク系だったので、彼女たちとあまりしゃべったことがなかったし、マックで集まってるとは全然知りませんでした。同じ西口でも、地下の有隣堂漫画コーナーに行ってたからなあ。人生のちがいがその時点で……（しょんぼり）。

オカマイ　当時、「プチセブン」や「セブンティーン」に読者モデルで出たい子が多かったんです。そういう友だちを編集部に紹介する、エージェントみたいな立場に私がなって。いろんな雑誌の編集部に出入りしていました。それがいまの仕事につながってる、という感じです。

三浦　えっ、現役高校生のときから。すごいですね。私がただただ漫画を読みふけっていたときに……。

オカマイ　あとは企画するのも好きでしたね。高校二年の夏は、「やっぱり新島《にいじま》でしょう！」とか言って、ツアー会社と話つけて、五十人集めてツアーに行って、肝試し大会をセッティングしたりして。とにかく、みんなでわいわいするのが好きなんですよ。

三浦　すごい高校生ですねえ。行動力がある。

オカマイ　ただ、鎌倉女学院はバイト禁止で。

三浦　そうそう、厳しいんですよね。

オカマイ　退屈だし窮屈だし、もういいやと思って学校をやめたんですよ、高校二年で。やめても、お金ないじゃないですか。でも雑誌の編集部にいたら、経費とかでご飯食べさせてくれるし、そのころってタクシーも乗り放題で、「あ、編集部に顔を出していれば、やっていける」って思ったんですね。あとから小学館の編集のひとに聞いたら、「若い子が編集部にいるだけで、僕たちは情報も得られるし、感じることもあるし、大事なことなんだよ。おかげで雑誌が作れてる」ということで。だけどこっちは、なんでここにいるのか深い意味もわからないまま、編集部の冷蔵庫をあさってたり。「あいつ、だれだ？」みたいな目で見られてました。

三浦　学校やめるとき、ちょっと勇気がいりませんでしたか。まわりはどちらかというと、おとなしいひとが多い学校じゃないですか。

オカマイ　私はもう、外の世界がおもしろくて、やりたいこともいっぱいあったんで。鎌倉にある学校に通えてよかったなとは、いまでも思ってます。

三浦　たしかに読者モデルが盛んな時代でしたが、実際に雑誌の世界を知ってみて、作るほうがおもしろいなと思われたんでしょうか。

オカマイ　雑誌の企画って、なんとなく大きいテーマがあって、そこから想像できるようなものを、こっちでどんどんページとして作れるんですよ。たとえば、私が最初のころにやったのは、「ビッグコミックスピリッツ」（小学館）という雑誌で、佐々木倫子《のりこ》さんの『おたんこナース』って看護婦さんが主人公の漫画があって、じゃあグラビアで「ミスおたんこナース」を作ろうって、飲み屋でご飯食べているときに盛りあがって。看護学校に通ってる現役のひとを探さなきゃとなったときに、私はまだ何気に十八歳とかなんで、潜りこめるじゃないですか（笑）。看護系のいろんな大学や病院に潜りこんで、かわいいと思う子がいたら、「雑誌出ない？」って声かけて、それで本当に記事ができたりして。

三浦　同じ年ぐらいの女の子に声かけられたら、相手もあんまり警戒しないですよね。

オカマイ　そうなんです。向こうも女だし。

三浦　いまのお話しだと、スカウト的な業務内容もなさっていたようですが、グラビアのコーディネーターって、具体的にはどういうことをする仕事なんですか？

オカマイ　私の場合は、いろんな芸能事務所のひとが、「今度うちでいい子がデビューします」と資料を持ってきて、こっちでちょっとプロデュースしたい気になった子がいたら、その子の一年間のプランを考える。たとえば、「私のほうで写真集の仕事を決めてきます。それまでに、雑誌のグラビアもこれだけ撮りましょう」とか。

三浦　どこでロケをするかとか、カメラマンやスタイリストも決めるんですか？

オカマイ　全部こっちで決める。

三浦　わりと中長期的かつ全般的に、タレントさんの売り出しかたと見せかたを考えるんですね。女性のグラビアコーディネーターって、ほかにもいらっしゃるんですか。

オカマイ　ベテランのかたが一人いますが、あとはみんな男です。しかも私は最年少。

三浦　被写体は女の子なのに。「グラビアだから男性の視線でコーディネートしたほうがいい」と考えるひとが多いんでしょうか。

オカマイ　そうですね。「コーディネーターは脱がしてなんぼ」というのが、昔は特にあったみたいで。でも、私はヌードは一切やってなくて、水着の女の子を芸能界でどれだけ長持ちさせるかというか、どんどんちがう面を見せて、写真の質も売り上げも、みんながいい感じになればいいと思ってやってます。グラビアの仕事からはじまるタレントを私は多く仕掛けてるけど、毎回こっちもテーマを与えて仕事して、彼女たちも女優心を勉強できたり、ロケでのスタッフみんなとのかかわりで学ぶことができる。そんなことからでも、タレント自身が将来バラエティなのか女優なのか、自分のやりたい方向へつながっていってほしい。で、グラビアは芸能界にいれば切っても切れない仕事だから、いつになってもみんなでできたらいいなあ、と。

三浦　さっき、「プロデュースしたい気になる子」とおっしゃいましたけど、どこを見て判断するんですか？　資料の写真は、きっとどの子もかわいいですよね。

オカマイ　特に気になった子だけ、私の事務所に連れてきてもらったりして、会って決めます。やっぱり一番は性格がいい子。素直な子が残る。やる気だけあるより、なにか素を出せるひとのほうが伸びると思います。こっちも人間だから、応援したくもなっちゃうし。

三浦　腹を割って話しあえる感じのひと、ということですか？

オカマイ　そこが一番大事ですよね。たとえばローラ・チャンって、いま（二〇〇八年）ＮＨＫの中国語講座に出ている子がいますが、彼女がデビューしたばかりの時期に、事務所のひとが講談社に挨拶《あいさつ》に連れてきていたんです。ちょうど私が編集部にいて、「この子、絶対ウケるよ。早く雑誌の展開決めようよ」って、初対面のその場で即決したこともあります。

三浦　すごいですね、その見抜く目は。

オカマイ　でも最近は、なにが当たるか本当にわかんないです。グラビア界は厳しいですよ、いま。この十年で一番悪い時期じゃないですか。出版社の経費もどんどん少なくなってます。各社相乗りしないとロケ行けないよとか、この予算どこか行く額じゃないよ、都内半日だね、とか。

三浦　知恵を絞って撮影するんですね。

オカマイ　場所も友人の家を借りたりとか。まだ私はやれてるほうなのでありがたいことです。カメラマン、スタッフ、編集さんとかも、昔からあまり変わらないひとたちとつきあえているのがうれしいですね。

三浦　どうしてグラビアが下火になりつつあるんでしょう。読者の好みが細分化したということですか？

オカマイ　グラビアタレントのファン自体が減ってきているし、飽和状態だし。タレントも、グラビアアイドルだけで終わっちゃう子が最近多いんじゃないですかね。井上和香さんのころまでは、グラビア以外の場に上がるひとはけっこう多かったけど、最近はあまり……、南明奈《あきな》ちゃんくらいかな。

三浦　読者がもっと過激なものを求めている、ということもあるのでしょうか。

オカマイ　やっぱりAVの女の子たちは、整形して顔も体も作り物だったりすることも多いけど、かわいいし胸も大きくて、がんがん脱いでいる。そうなると、アイドル物のDVDはまったく売れなくなりますね。あと、作りかたや見せかたも、結局ディレクターとかがマニュアルどおりでオリジナリティに乏しいから、なんとなくなあなあの流れっていうか。海へ行ってにこにこしてるだけじゃあね。グラビアにしても、いまはCGで修整ばかりしてるでしょう。ブラが透けていたら消して、シワもホクロも毛穴も消して。生身の感じがなくなったから、写真集が売れなくなったとも言われてますね。

三浦　様式ができすぎた感があるんですね。

オカマイ　だから私は変わったこと、おしゃれなこと、尖《とが》ったことをやろうとは思ってますけどね。自分の色も出しつつ、ちょっと高級感が出せればいいな、と。安っぽくはしたくない。あと、ストーリー仕立てのグラビアも好きなんです。たとえば、川村ゆきえちゃんのこのグラビアは、二重人格の未亡人という設定。実は旦那《だんな》を殺した妻で、いまはその記憶はなくて、さびしくて墓参りしたり、またちょっとおかしくなって旦那のネクタイをつけたり（笑）。

三浦　どこからそんな発想が（爆笑）。でも、雰囲気があってエロスも感じられて、とてもいい連作写真ですね。

オカマイ　ゆきえちゃんは笑顔を撮られるのがあまり好きじゃないんです。こういうしっとりめのほうが似合うし、本人も好きだし楽なんですよ。

三浦　たしかにたたずまいから、物語が立ちあがってくるように感じられます。こういうストーリーや設定があると、撮るほうも撮られるほうも楽しいですよね。

オカマイ　タレントも、「これはちょっと火曜サスペンスみたいな気持ちで」ってやったりとか。

三浦　演技力というか、なりきる力があるひとじゃないと、うまくいかないですね。

オカマイ　そうです。ボーッとしていてはだめで、演技力は必要。そこから女優に行く子もいるし。

ひとしきり、オカマイさんの手がけた作品を拝見する。「糸紡《つむ》ぎ工場で働く女の子」とか、独創的な設定のグラビアが多く、とても楽しい。女性の目から見てもかわいくてきれいだし、ちゃんとエッチだけど決して下品ではない。

タレントさんものびのびと、でも集中力をもって作品世界を表現しているのが感じられ、見ていて飽きるということがない。オカマイさんは、「ＣＭやドラマのオーディションに持っていくときの、イメージ写真にもなるように」と、タレントさんの持ち味や内面を引きだすテーマを考えてグラビアを撮ることが多いのだそうだ。親身になってくれるコーディネーターだ、とタレントさんが信頼を寄せているのが、写真のクオリティーからもうかがわれる。

三浦　タレントを売り出す戦略を練ることから、撮影の現場まで、オカマイさんが万能の活躍をなさっていることがわかりました。コーディネーターとしてのノウハウは、どこで体得したんですか？

オカマイ　二十歳ぐらいから、イエローキャブという事務所でマネージャーをやったのは大きかったです。もともと人気の読者モデルだった友だちが、本当に巨乳で、

「水着のアイドルになれるかな」と言うので、知りあいの編集部に聞いたら、すぐにロケが決まったんです。そうなると私がマネージャーってことになって、「ロケに同行してサイパン行けるみたい。なんかわかんないけど、ラッキー」って。スタートはそこからですよ。

でも、雑誌はともかく、私はテレビの展開とか全然わからない。「どうすればいいの？」ってだれかに聞いたら、「野田さん（当時のイエローキャブ社長。かとうれいこ、細川ふみえ、雛形《ひながた》あきこ、山田まりや、佐藤江梨子、小池栄子、ＭＥＧＵＭＩなど多数のグラビアアイドルを輩出した）というひとが、テレビ東京で『ＢｉＫｉＮｉ』って番組やってて、女の子探してるよ」と。それで、サイパンロケの彼女を紹介して、私の役目は終わりと思っていたんですけど、野田さんが「おまえはいつから来られるんだ」と。

三浦　マネージャーとして見込まれたんですね。

オカマイ　お正月といえばハワイに行ける事務所で、楽しそうかもと思って。ロケを組んで毎月海外に行けるし、もちろん雑誌も好きだし、じゃあちょうどいいやなんて言って、そのまま入っちゃったんですよね。

三浦　グラビアの女の子が所属する事務所でも、やっぱりスタッフは男性が多いんで

すか？

オカマイ　当時、イエローキャブはタレントは女の子ばかりなのに、女性社員を採ってなかったんですよ。女のひとは嫉妬《しっと》とかもすごいあるし、結婚したらすぐやめちゃうからって、「免許持ってる男」しかダメだって話だったんです。それでいくと免許もないし女だし、私は全然ダメじゃないかと（笑）。

三浦　野田社長は、「このひとは」って思ったんでしょうね。

オカマイ　なんなんでしょうね、そのへんは聞いたことないですね。いまでもすごく仲良くしていますけど。

三浦　女の子同士、タレントさん同士の嫉妬などは、実際ありましたか？　「なんでオカマイさんは、あの子ばっかり目をかけるの」みたいな。

オカマイ　それはありました。野田さんから、「贔屓《ひいき》じゃないけど、そういうふうに見えることがあるから気をつけろ」と言われたこともあるし。でも、これはしょうがないですね。相性もあるし、女の子たちの側のやる気や、向き不向きもあるし。

三浦　以前、陸上部の監督に話をうかがったときに、「女子選手はとにかく平等に扱ってもらいたがるので、すごく難しい」とおっしゃっていたんです。「男子は、タイムが速いという事実があれば、そのひとに目をかけるのもあたりまえだと納得するんだけど、女子は納得しない」って。自分自身のことで考えても、そういえば女性は横並びを重視するかもなと思ったことがあります。

オカマイ　そうだね、あるかも。「贔屓してる」って、私をはっきり嫌ったタレントとかもいるし。その子なんかおもしろいから、「私が有名になったら絶対オカマイさんをクビにしてやる」って（笑）。

三浦　激しいなあ（笑）。オカマイさんが、いまもバリバリとコーディネーターの仕事をつづけているということは、その子は……。

オカマイ　消えていきました（笑）。

三浦　イエローキャブには何年ぐらいいたんですか？

オカマイ　四年半です。私、寒いのが苦手で、冬は暖かい国にいたいんですよ。イエローキャブのときも、「年に一カ月は休みください」と言ったら、野田さんがホントにくれて。

三浦　えらい社長だなあ。

オカマイ　でもその数年後に、じゃあ三カ月はどうかなと思って言ってみたら、さすがに「それはだめだよ、おまえ。ほかの社員になんて言うんだよ」って。それで、「じゃあすみません、やめます」と独立して、フリーのコーディネーターになったんです。

三浦　オカマイさん、自由人すぎる（笑）。じゃ、いまは年に三カ月休んでるんですね？

オカマイ　休んでます。もともと冬は外国を旅して、旅の本（『「危ない」世界の歩き方』）を書いたりしてたし、最近はジャマイカにはまって、レゲエについてのライターもやってるし。実はジャマイカ移住を決めて、東京のマンションを引き払ったところなんですよ。まあ私もそこそこ信用されてるし、これだけインターネットが発達すれば、ジャマイカにいたってコーディネートの仕事はできるだろう、と。東京に帰ってきたときはこの事務所に住むことにして、ＭＥＧＵＭＩとはじめたフリーマガジン「ＦＲＥＭＡＧＡ」は年三回出したいし、三カ月おきに帰ってきてひと月いる、という形になるんじゃないかな。

三浦　パワフルですね。もしかして睡眠時間が短いですか？

オカマイ　私は寝だめができるんですよ。どこでもコロッと寝て、いつまで寝てられるのっていうくらい寝ます。それでまた走りだす。霊能者に「裸足《はだし》で走っています」って言われましたよ、私は。

三浦　靴を履く暇もなく（笑）。ジャマイカで住む家は決まってるんですか？

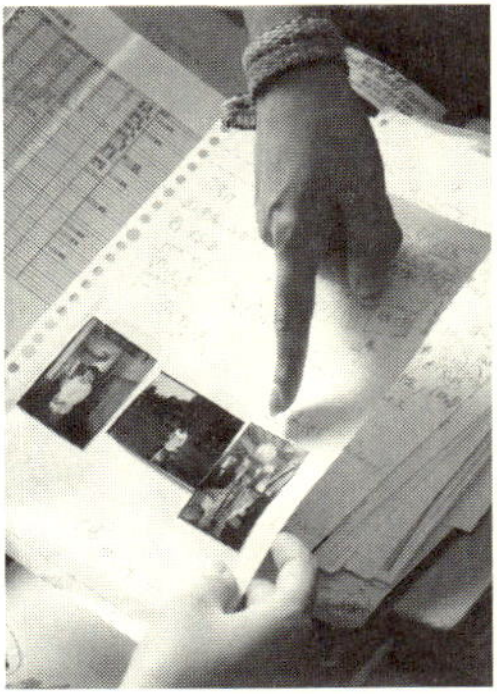

オカマイさんのお仕事ノート。スナップ写真が貼られ、詳細なメモが書きこまれています。

これでももちろん、お仕事のほんの一部です。同行してくださった編集さんも私も、熱心に眺めました！

居心地のいい事務所。ローテーブルのうえに、これまで手がけられた雑誌や写真集をたくさん並べていただきました。

オカマイ　いえ、行って決めますよ。

三浦　やっぱり裸足で疾走してますね。グラビアの仕事で一番喜びを感じるのは、どんなときですか？

オカマイ　現場が楽しいですね、やっぱり。グラビアの現場に遊びに来てくださいよ、もう超楽しいですよ。都内のロケだと、朝は六時ハチ公まえ集合とかなんで、みんなダルい感じで集まるんですが、気分は遠足ですよね。コンビニで飲み物買ったり、おいしいお弁当用意したり。一泊二日のロケだと、タレントも一緒に温泉つかって、「紅葉きれいだから、明日の撮影、お風呂《ふろ》に紅葉浮かせちゃおうか」みたいな、その場にあるものを「きれいだもん」って使ってみたり。みんなで雑誌作ってる、というムードはやっぱりいいですよ。

三浦　反対に、失敗した現場もありますか？

オカマイ　あります。そんなときは、現場で見るからにテンション下がるらしいです。以前、テーマを梅雨にして、水に濡《ぬ》れるとか、衣装にレインコートを入れるとか、プールがあるスタジオで撮影したんです。そしたら当日タレントが、「私、水が苦手なんです」って。おまえ、水着アイドルだろう！（笑）「海の撮影とかどうしてるの？」って聞いたら、「もうほんと爪先《つまさき》くらいが限界で」。こっちもテンションがた落ちしちゃって、ちょっと意地悪とか言ってみたんですよね。「じゃあ、お風呂とかどうやって入ってるの？」なんて（笑）。そういうときもあります。

三浦　軋轢《あつれき》やトラブルも含め、共同作業だからこそ味わえる楽しさですね。

オカマイ　そう。三浦さん、一緒にグラビア作りませんか？

三浦　いや、それには生まれ変わらないと……。腹の肉を減らすだけでも、三カ月でたりるかどうか。

オカマイ　……それもいいですけど、ストーリーを書いてくださいよ。

三浦　あ、被写体としてのご依頼じゃないんですね。そりゃそうか（しょんぼり）。

オカマイ　ロケ組んでもいいですよ。

三浦　じゃあじゃあ、温泉地でしっぽりとか、廃墟《はいきょ》になった洋館でホラー仕立てとか、かわいい女の子を主人公に設定を妄想してみますね！（鼻息）

グラビアのコーディネートだけではなく、レゲエ関係、フリーマガジン、旅行本、インターネットのサイト、海外展開などなど、オカマイさんの仕事は多岐にわたるので、ここですべてを紹介することは到底できそうにない。

オカマイさんは、「ひととひととが結びついていくのが好き」「みんなでなにかを作るのが楽しい」と、何度もおっしゃった。その気持ちは、オカマイさん自身からもパワーとなって迸《ほとばし》っていたし、オカマイさんが手がけた作品すべてから感じられた。自分にも他者にも正直になって、恐れずに心を開くこと。

印象的だったのは、オカマイさんが常に被写体の女性を一番に考えていることだ。「十二、四歳の女の子が水着になったりするような写真は、絶対やりたくない」とオカマイさんは言った。

若さや過激さばかりを売りにするのではなく、女性が自信と意志を持って、自分の美と内面とそこから醸しだされるエロスとを表現する。それこそが、男性も女性も楽しめるグラビアなのかもしれない。オカマイさんがコーディネートした、どこか静謐《せいひつ》さの漂う美しくもさびしい女性二人（制服姿）のグラビアを見て、なにやらこみあげるリビドーとともに、そう思った。

ふ

オカマイさんの「ＦＲＥＭＡＧＡ」、ぜひチェックしてみてください。ＨＰ

に配布情報などがアップされています。オカマイさんのブログもあります。
http://fremaga.net/

動物園飼育係　髙橋誠子

二十七歳　二〇〇八年十月

高橋誠子（たかはし・ともこ）
一九八一年神奈川県川崎市生まれ。
東京動物専門学校卒業後、島根の水族館、熊本の動物園を経て、川崎市夢見ヶ崎動物公園に就職。

動物園の飼育係さんは、私にとって憧《あこが》れの職業のひとつである。恥ずかしながら子どものころ、ベッドにぬいぐるみを並べて「どうぶつ村」と名づけ、一人でひそかに飼育係ごっこをしていたぐらいだ。

こぢんまりした雰囲気のいい動物園はないか、と探したところ、小高い丘(古墳らしい)のうえにあった。川崎市の「夢見ヶ崎動物公園」だ。ようし、飼育係さんに会いにいこう! ペンギン担当の髙橋誠子さんに、レッツふむふむ!

三浦　園長さんから、髙橋さんはペンギンが得意だ、とうかがいました。

髙橋　得意不得意というより、私がこの業界に入るきっかけが、物心ついたときからペンギンに惹《ひ》かれていたことなんです。

三浦　ほほう。

高橋　地元がこのへんで、小さいころからこの動物園によく来ていて。父親によると、私はペンギンのプールのまえからなかなか離れなかったそうです。どの動物よりもまずペンギンに惹かれてしまって、ずっと好きです。

三浦　じゃあ、幼いころからの夢をかなえて、なじみのある動物園でペンギンの飼育係をなさっているんですね。

高橋　ここは市立の動物園で、公務員試験に通らないと入れないのですが、私はそんなに頭のほうがよくないので（笑）。動物の専門学校を卒業して、はじめは島根の県立水族館に就職しました。でも、当時そこにはペンギンがいなかったんですよ。「ペンギンいるところないかな」とネットで調べて、数カ月で熊本の動物園に移りました。

三浦　わざわざ島根まで引っ越したのに！　熊本ではペンギン担当になれたんですか？

高橋　そうじゃなければ転職しない（笑）。とにかく熊がいっぱいいる動物園で、ペンギンショーもやっているんです。ペンギンショーって、なかなかないんですよ！

（と、うきうきの高橋さん）　そこのペンギン担当になって、熊のショーも手伝ったりするうちに、指を複雑骨折してしまって。

三浦　熊に噛《か》まれたんですか！

髙橋　いえ、動物園のシェパード。散歩中にちがう方向に引っ張られて、「あらー」と思ったら指二本骨折。水仕事ができないので、一度実家に戻ってきて。近くで新しい職場を探せればと思っていたら、ちょうどこの動物園に空きがあるというので、面接を受けました。それが二年まえです。公務員ではなく、嘱託ですね。だれかが辞めて空きが出ると募集がかかる業界ですから、ほんと、運ですよね。かなりラッキーでした。

三浦　いやいや、髙橋さんの意志の力ですよ。それが運を呼んでいる。ここには飼育係さんは何人いらっしゃるんですか。

髙橋　いま、嘱託が四人いますから、十五人ですかね。園長をはじめ、獣医の資格を持っているのが四人。

三浦　十五人のうち、女性は？

髙橋　産休中のひとと私の、二人です。

三浦　動物園や水族館の飼育係って、やはり男性が多いんですか。

髙橋　水族館は、いまは女性のほうが多いかなと思うんですけど、動物園はどうしても力作業とか、汚い、臭いという仕事がメインにあるので、たぶん女性はまだ少ないと思います。

三浦　ペンギンがお好きということですが、どんなペンギンでもいいんですか？　皇帝ペンギンとかイワトビペンギンとか、いろいろ種類がありますよね。
髙橋　ペンギンって十七種類いると言われていて、日本に来ているのは七、八種類です。この動物園にいるのはフンボルトという種類なんですが、あれがやはり一番好きですね。
三浦　もしかして、小さいころにここでご覧になって魅了されたペンギンも、フンボルトだったんですか。
髙橋　そうですね。いまいるのは、私が子どものころに見ていたペンギンの子孫です。
三浦　えっ、ここで繁殖もしているんだ。
髙橋　産みそうな時期に、巣材として竹の葉っぱとかを入れてあげると、自分たちで運んで、巣を作る。かわいいです。ふわふわのグレーの羽をしたヒナが孵《かえ》りますよ。
三浦　フンボルトのどこが一番好きですか？
髙橋　黒白の「いかにもペンギン」という色もばっちりだし、あとはなんと言っても、うしろ姿です。
三浦　さっき見てきたんですが、ペンギンのみなさんは、お客さんのほうにお尻《しり》を向けて、ぺちょーっと寝転んでいました。あれはもしや髙橋さんが、「お尻がチャームだから」と指導したとか……。

髙橋　なにも言わなくても、自然とあの形で寝そべってます（笑）。でも、売りはお尻、うしろ姿だと思うんですけれども。

三浦　はい、かわいかったです。髙橋さんが見たら、個体差もわかるんでしょうね。この子が美人だとか、かっこいいとか。

髙橋　個体差あります。あると思うんですが、お客さまは「同じだね」って（笑）。しかもペンギン界では、私の好きなペンギンはモテないですね。ぽつんと一人でいたりする子が好きなんで。

三浦　ふふ。ペンギンたち、カップルも多いように見受けられましたが。

髙橋　ええ、つがいになってますね。

三浦　いつも決まった二羽一組なんですか。

髙橋　そうです。一生つがいは一緒です。

三浦　浮気はないんですか？

髙橋　まえにいたところでは、二回ぐらい見ました。雌がほかの雄にアピールしに行くんですよね。

三浦　よその亭主に。

髙橋　そこの奥さんがいない隙《すき》に。人間と一緒だなと思いながら、遠目に見ていましたけれども。

三浦　見てるだけで、止めないんですか（笑）。

髙橋　止めないです。がんばれ、って。

三浦　関係が泥沼になったりは……。

髙橋　していましたね。三角関係でケンカしたり。本当に人間と変わらないです。いま二十五羽いて、つがいは六、七組ぐらいでしょうか。

三浦　一年に何個ぐらい卵を産むんですか。

髙橋　年に二回、二月と十一月に二卵ずつ産んでくれるんですけれど、孵らないほうが多いです。

三浦　かれらはちゃんと育児をするんですか？

髙橋　やはり上手下手があって、うまい子は何羽も育てているけど、下手な子は途中でだめになっちゃうんですよ。うまく温めてなくて、卵の時点でだめになったり。

三浦　そういうのは、ペンギンそれぞれの性格でしょうか。がさつな性格とか。

髙橋　ああ、性格は巣を作るのを見てると一目瞭然《りょうぜん》ですね。上手に暖かそうな巣を作っているペンギンと、石ころだけで、それで卵が温まるのかなというペンギンと。

三浦　繁殖しやすい、しにくいってあると思いますが、ペンギンはどうなんでしょう。
髙橋　園館《えんかん》（動物園や水族館の意）にもよると思いますが、ここのペンギンは、この数年でけっこう産まれるようになったんですよ。
三浦　おお、髙橋さんのペンギン好きのパワーのおかげだ。居心地良くなったんでしょうね。やっぱり、ペンギンは夏が苦手ですか。
髙橋　ペンギンには、寒い氷のうえで生活してるイメージがありますが、フンボルトはチリとかペルーにいるペンギンだから、どちらかというと寒さに弱いんですよ。でも、ここにいるペンギンはみんな川崎生まれなので、だいぶ気候には慣れてきました。
三浦　冬は水には入らないんですか？
髙橋　餌《えさ》はプールのなかに投げるので、そのときだけはいやいや入る（笑）。冷凍のアジを解かして、あげてます。楽して食べられるから、ちょっとぽっちゃり型ですね。
三浦　熊本ではペンギンショーをしていたということですが、なにか芸を教えていたわけですね。
髙橋　そうです。ショーをしていたところもフンボルトだったんですが、ペンギンのなかでもけっこう人間に慣れるんですよね。呼ぶと振り向いて、ついてきたり。
三浦　いいなあ。教えるときのコツはなんですか？

髙橋　やはり餌です。なにかできたら餌、みたいな。ひたすら繰り返しです。
三浦　犬のお手と同じだ。物覚えのいい子もいれば、悪い子もいて。
髙橋　そういうところも人間と一緒で、かわいい。
三浦　寿命は何歳ぐらいなんですか。
髙橋　自然界ではわからないですけれど、飼育下では二十五年から三十年くらい。
三浦　けっこう長生きなんですね。こちらの動物園では、名前はつけていますか？
髙橋　つけてないんです。一番とか二番とか番号ですね。たぶん飼育係は、みんな内心ひそかに名づけてるとは思いますけれど。今年から正式に名前をつけようとなって、一羽だけ、名前がついているんです。私がつけたんじゃないんですけど。
三浦　なんという名前ですか？
髙橋　アフロ（笑）。
三浦　なぜアフロ（笑）。
髙橋　アから順番につけようと言って。生まれたばかりの、もあもあっとした羽がアフロへアみたいだ、と。
三浦　どうして、あまり名前をつけたり、声に出して呼んだりしないんでしょう。ペットとはちがうからということでしょうか。

髙橋　だと思いますね。古くからいる先輩に、よくそういうふうに注意されました。

三浦　思い入れがありすぎると、なにかあったときにつらいからかもしれませんね。髙橋さんは、ほかにはどんな動物の世話をされているんですか。

髙橋　マーコール（ヤギの原種と言われる動物）、アライグマやインコ、フラミンゴなどの水系の鳥。大きい動物はやってないです。

三浦　マーコールって、はじめて見ましたけど、おとなしい感じの動物ですね。

髙橋　この季節は無反応ですけど、繁殖期になると興奮して、こっちにやってきますね。餌の袋に向かって、異様に来ます。繁殖期はなるべく檻《おり》に入らなくていいよ、と言われてます。

　夢見ヶ崎動物公園は入園無料。通り抜けるだけなら、歩いて十分もかからない規模だ。そのぶん、動物とお客さんの距離がとても近い。近隣住民の憩《いこ》いの場のようで、犬の散歩をするおじさんや、おおはしゃぎのチビッコが、楽しそうに動物を眺めている。

　園内ではペンギンのほかにも、レッサーパンダやシマウマやヘラジカや各種のサルなど、たくさんの動物が暮らす（ヘラジカは残念ながら亡くなり、二〇一五年現在はラマがいます）。のどかな雰囲気のなか、動物と間近に接していると、時間があっというまに経《た》っていく。

三浦　髙橋さんが通っていた動物の専門学校は、どこにあったんですか。

髙橋　千葉県の成田のさきです。二年間、自宅から通うのは大変でした。動物園も水族館も、資格にはそんなにうるさくないんですよ。だから、動物の管理やトリマーの授業があって、自分に必要な資格だったら取る、という感じでしたね。

三浦　同僚の飼育係さんはやはり、動物好きなひとが多いんですか？

髙橋　たぶん好きな動物がいて、それでこの世界に入った、というかたが多いと思います。好きな動物だけ世話するわけにはいきませんが。今日はお休みなんですが、虫マニアの先輩もいます。常にカメラと採集できるパッケージを持っていて、私たちからすればただのハエでも、「これは珍しい、なんとかバエだ！」って。

三浦　さっき、シマウマとしゃべっている飼育係さんもいましたよ。もうラブラブというか、キスしそうな勢いで。

髙橋　あのかたは本当に特殊で、いろんな動物と話せます。ロバともラブラブだし。

三浦　ナウシカみたいなひとたちだ。

髙橋　ああなればと思いつつ、でも怖いなあと……。

三浦　いくら懐《なつ》いているようにみえても、油断しちゃいけないんですね。

髙橋　ベテランのかたは、やはり距離をわかってますね。動物と仲良くするなかで、「あ、これは来るぞ」というタイミングを察知できるんだと思います。

三浦　専門学校では実習があるんですか？　近所の動物園や水族館と提携していたりとか。

髙橋　ふつうはそうだと思うんですが、私が行っていた学校は、自分で水族館にアポを取らなくてはいけなくて。実習というよりバイトに行くみたいで、鍛えられましたね。動物園に動物を売る会社が作った専門学校で、輸入した動物の検疫《けんえき》があったり土地が必要だったりで、だから成田の近くにあったんです。そこの売り物の大きな動物を世話する機会が持てるので、選んだんです。

三浦　大きな動物って、たとえばどんな？

髙橋　シマウマとかラマとか。税関で輸入規制がかかった動物を、一時預かったりもするので、カメ類も多かったですね。あまり大きな声では言えないですが、私、カメとかヘビとかはちょっと苦手なんですけどね。

三浦　この動物園に、大きなリクガメがいますが……。

髙橋　ああ、あのカメは好きです。好き嫌いを言うな、ってよく注意されます（笑）。
三浦　では、こっそりうかがいますが、ペンギン以外ではどんな動物がお好きですか。
髙橋　ここに来てから、ロバが好きになりましたね。
三浦　私もあのロバ好きです。じっと地面を見て、ちょっとさびしげな。
髙橋　あの目つきが好き。
三浦　髙橋さんは、どこか哀愁の感じられる動物がお好きみたいですね。ロバは二頭いましたが、気弱そうなほうが雄ですか。
髙橋　はい。あとから来た雌に圧倒されて。
三浦　お嫁さんをもらったんですね。
髙橋　そのつもりで雌をもらってきたんですけど、どうなんでしょうねえ。モーションかけてた時期もあったんですけど、後ろ蹴《げ》りされて追い払われて、かわいそうな感じで。
三浦　じゃあ、夫婦として既成事実があるのか、単に同居しているだけの他人なのか、それも定かではないと。
髙橋　動物もなかなかうまくいかないものですね（ため息）。
三浦　うむむ（雄ロバに同情の涙）。犬や猫にはあまり興味ないですか？

髙橋　嫌いではないですけど、家で飼ってるのはブルーダイヤディスカスという熱帯魚です。
三浦　熱帯魚には名前をつけてますか？
髙橋　……心のなかで。
三浦　なんで心のなか（笑）。呼びかけないんですか。
髙橋　…………一人で「ネッシー」って呼びかけてます（と、はじらう髙橋さん）。
三浦　ネッシー（笑）。いや、いい名前ですよ。高校を卒業する時点で、将来ペンギンにかかわる職業に就こうと決めてたんですか？
髙橋　中学生のときからですね。ほかの仕事は全然考えていなかったです。
三浦　ペンギンひとすじ。中学高校のころ、ペンギングッズを集めたりしてましたか？
髙橋　……それはもう。
三浦　部屋じゅう？
髙橋　家じゅう……もう、怖いぐらい（笑）。妹はいやがっていたと思います。
三浦　友だちは、なにか言ってました？
髙橋　いえ、ちょっと仮面かぶって、「ペンギンかわいいね」ぐらいで終わらせておいたので。

三浦　強すぎる愛をおおっぴらにしてはいけない、と自制なさったんですね。一番大事なペンギングッズはなんですか？

髙橋　長崎にペンギン水族館という、ペンギンに特化した水族館があって、ペンギンが大活躍していて、グッズもたくさんあって。

三浦　じゃあ、そこでグッズを相当……。

髙橋　ほとんど買ったんですよ。熊本にいたころ、お給料はだいたいペンギン水族館に費やしていましたね。一番好きなグッズは、そこで買ったペンギン枕《まくら》です。

三浦　実際に飼育係になってみて、ペンギンに幻滅したことってありませんか。ここは想像とちがった、とか。

髙橋　やっぱりお腹《なか》が減ると、私の足とかを平気で、「早く餌をよこせ」みたいにかじってくるんです。ペンチにちょっとトゲトゲがついた感じで、痛いんですよ。

三浦　食いちぎられる勢い？

髙橋　気を抜いていたら、「うっ」となるぐらい痛いです。

三浦　毎日世話してくれてる髙橋さんだ、と認識したうえでの所業なんですかね。

髙橋　いやあ、それも定かではない。

ペンギンの餌を用意する髙橋さん。いきいきしてます。

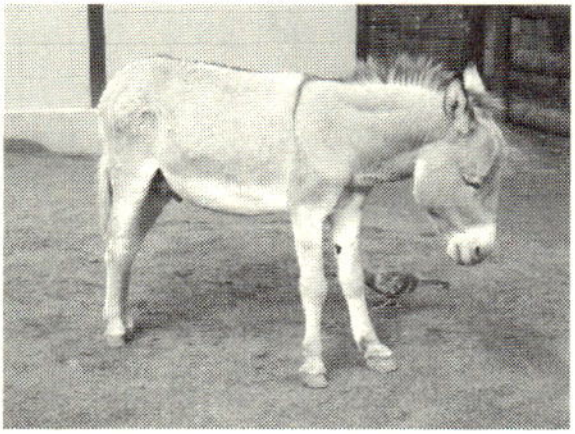

哀愁のロバ氏。
夫婦（？）間に平穏な日々が訪れますように……。

きゃ、きゃわゆいー！　フンボルトペンギンです。フォルムといい、黒と白のバランスといい、絶妙です。「むむ、髙橋くん。食事の仕度、ありがとう」

三浦　そういうつかみ切れない部分がまた……。恋心は、つれなくされるとより燃えると申しますからね。
髙橋　いま、趾瘤症《しりゅうしょう》という、人間でいうとウオノメみたいなものができたペンギンが多くて、それを治すために、強引にとっ捕まえるんですよね。それがいやで、最近妙に避けられてるんだろうとは思うのですが。
三浦　ペンギンにウオノメができるんだ！
髙橋　床面が平らだからとか、密集しすぎだからとか、いろんな説はあるんですが。でも、症状が出ない子もいるし、とにかく原因は不明なんで、とっ捕まえて足の裏にイボコロリみたいな薬を塗るしかない。早く治してあげたいです。
三浦　この動物園は年中無休ですが、飼育係さんのお休みってあるんですか。
髙橋　一週間にだいたい二日もらっています。シフト制ですね。
三浦　どんなリズムで、一日の作業をなさるんでしょうか。
髙橋　七時半に出勤して、まずフラミンゴ舎の掃除をして、ペンギン舎の掃除をして。九時に全体のミーティングがあるので事務所に戻ってきて、そのあとはその日のメンバーによって仕事が変わります。今日はアライグマとマーコールの獣舎とインコ舎を掃除して、餌の準備をしていました。

三浦　餌は何回やるんですか。
髙橋　朝と夕方です。
三浦　動物の檻の掃除は毎日ですか。
髙橋　毎日ですね。四時から収容、動物たちをみんなしまって帰ります。
三浦　お客さんのいない夜間は、動物のみなさんは勝手に寝たり暴れたり。仕事で気をつかう点はなんですか？
髙橋　掃除に入ったときに、いつもとちがうところがないか気をつけます。ちょっとしたこと、たとえば湿り気があったりすると、病気ですぐ落ちて（死んで）しまうので。動物って、素知らぬ顔で我慢して、気づいたときは遅かったということが多いですからね。
三浦　飼育係として上達したいことはありますか？
髙橋　やはり動物の保定《ほてい》ですかね。
三浦　あ、動物の押さえかた。『動物のお医者さん』（佐々木倫子・白泉社）に出てきました。
髙橋　私もあれ読んじゃいました（笑）。保定のやりかたは、長年やっているひとと差が出ますね。素早く保定したほうが、人間にも動物にもダメージがないし、すぐ治療できます。クチバシをばっとつかんで、脇《わき》で押さえこんで、足の裏に薬を塗るんです。

三浦　最初に飼った動物を覚えてますか？

髙橋　小学校から勝手にウサギを連れて帰って飼ってました。

三浦　え、どこからですって？

髙橋　小学校でみんなが飼ってるケージから（笑）。

三浦　だめじゃないですか（笑）。かわいくてたまらなかったんだ。

髙橋　そのときも、クラスで飼育係をしていたので（笑）。

アジの入ったバケツを手に髙橋さんが姿を現すと、ペンギンはすぐに親しげに集まってくる（なかには、「ん、髙橋くんか。ご苦労」と言わんばかりに一瞥《いちべつ》し、のんびり立ってるだけで寄ってこないやつらもいる。ペンギンは、フリーダムでマイペースな精神の持ち主のようだ）。

餌のアジを水に浸《ひた》して解凍するのは、冬場は特につらい仕事のはずだ。生き物が相手だから神経を使うだろうし、プールの掃除だって重労働だ。でも、髙橋さんは大変さを微塵《みじん》も感じさせず、輝いて見える。

ペンギンの神さまが、髙橋さんを選んだ。そうとしか思えない。
アフロを抱っこした髙橋さん、大勢のペンギンに囲まれ、注意深く彼らを見守る髙橋さんは、とても幸せそうだ。そしてペンギンたちも、すごくくつろぎ、安心しきって幸せそうだった。

ふ

お散歩に最適な動物園で、ペンギンやロバ氏と語らいのひとときを……。
「夢見ヶ崎動物公園」
神奈川県川崎市幸区南加瀬一―二―一　044・588・4030
川崎市のＨＰに案内があります。
http://www.city.kawasaki.jp/
トップページで「市の施設」をクリック。「緑と公園」の一覧をクリックし、「夢見ヶ崎動物公園」を選んでください（二〇一五年二月現在）。

大学研究員　中谷友紀

三十九歳　二〇〇九年一月

中谷友紀（なかたに・ゆき）
一九七〇年徳島県生まれ、横浜市育ち。
東京理科大学理工学部応用生物科学科を卒業。
東京工業大学大学院生命理工学研究科にて博士号（理学）を取得。
日本学術振興会特別研究員（ＲＰＤ）として東京工業大学に勤務。
二〇一三年より、セバ・ジャパン株式会社開発薬事部門にて勤務。

昨年（二〇〇八年）はノーベル賞の話題で、テレビや雑誌は盛りあがっていた（南部陽一郎、小林誠、益川敏英《ますかわとしひで》、下村脩《おさむ》の四氏が受賞）。しかし哀《かな》しいかな、どれだけすごい研究なのか、私には理解することができないのだった。おお、この救いがたき理系センスのなさよ……！

そこでこの章では、発生学を研究しておられる中谷友紀さんにお話しをうかがうことにした。……発生学って、なんだろう。なにを質問すればいいのかすらおぼつかない。「ふむふむ」史上最大の危機！　はたして無事に、ふむふむと納得できるのか!?

三浦　小さいころから、算数が得意でしたか？　動物がお好きだったとか。

中谷　いや、動物は全然嫌いで（笑）。数学が得意だなと思ったのは中学生ぐらいのときで、私は理系だろうなと思いながら高校に進学したんです。高校の生物の授業がすごくおもしろかったんですよね。百年ぐらいまえの有名な実験なんですが、イモリの卵を髪の毛でゆるく縛ると、頭が二つある子どもが生まれてくる。その話を聞いたとき、「すげえっ」と思ったんですよ。卵から大人になるという、生物の「発生」がおもしろいなと思った、きっかけのひとつです。

三浦　中学、高校は共学でしたか。

中谷　そうです。横浜の公立の中学、高校。化学とか物理とかを授業でやっていくうちに、やっぱり私は生物をやってみたいかなと思って、東京理科大学に進学しました。

三浦　高校のとき、理系の女子はどれぐらいいましたか？

中谷　クラス四十人のうち、四、五人ぐらいしか。大学では、私は応用生物科学科というところでしたが、一学年に百人ちょっと学生がいるうちの、女子は三分の一ぐらいかな。でも、生物系は多いほうで。電気工学科とかだとほとんどいなくて、「今年は電気に一人、女の子が入った！」と噂《うわさ》になるぐらいでした。

三浦　理系脳は男性に多いとか、そういう思いこみがありますが、実際、性別で向き不向きはあるんでしょうか。

中谷　あまりそうは思わない。そこに自分がおもしろいと思うなにかがあるから、やっているだけかなと思います。論理的な思考は好きだったんでしょうけど、実際に理系の仕事をはじめてみると、それだけではだめで。やっぱり文系的な文才とか読解力とか、ものすごく必要なんですね。自分の進む道に文系的な能力も必要とわかっていたら、高校のときに、もうちょっといろいろ考えたかもしれないなと、いまになって思ったりもします。

そうだ、マウスの解剖とかを学生にやらせると、女の子のほうが熱心ですね。最初はキャーキャー言うんですが、いざとなるとパッパと開いて、「この臓器はなんだろう」と一生懸命見てる。男の子のほうが「うえー」とか言って、必要なものだけ見たら、あとは「もういいや」って感じですね。

三浦　どうしてだと思いますか、それは。

中谷　なんでだろう。女の子のほうが血に強いというのもあるかもしれないですね、変な話ですけど。

三浦　最初から、大学では発生生物学をやろうと決めて入学されたんですか。

中谷　応用生物科学科では、まず三年間は、とにかく生物のいろんなことを学んでいくんです。私の場合は、遺伝学なんて難しくてよくわからないという感じだったし、やっぱり生物のなかでは発生がおもしろいなあと思っていて。

三浦　素人《しろうと》からすると、遺伝子と発生って近い関係にある気がしますが……。そもそも発生って、どの時点がはじまりなんですか？

中谷　卵と精子が受精をして、遺伝子をいっぱい持った卵の核と精子の核が融合する。そこからはじめて「発生」するんです。

三浦　ひとつに融合するまえの、遺伝子がいっぱい詰まってるところには全然興味がない、と。その微妙な差異が、よくわからんですなあ。

中谷　そこがやはり、細分化されているところで。受精って、「卵と精子が一つになる」って口では簡単に言うんですけど、実はものすごい不思議な現象で、他人の細胞と自分の細胞が一つになるって、ふつうはありえないことですよね。

三浦　そう言われてみればそうですね。

中谷　たとえば、人間には免疫《めんえき》反応があります。臓器移植でも問題になるように、第三者の心臓を移植しても、動きませんよね。というのは体のなかで、「この心臓は私の心臓ではない」と認識をして、拒絶するんです。でも、卵と精子は絶対に拒絶しあわない。これはありえない現象で、まだわからない部分がたくさんある。そこを調べている研究者が世界中にいます。

三浦　では、どこで発生は終わるんですか？

中谷　発生自体は……、うーん、終わりがないといえばないんですね。

三浦　生きているあいだに細胞が新陳代謝するとか、そういうのも発生の分野に入りますか？

中谷　専門でいえば、そこまでは入らないです。ひとつの細胞だったはずの卵が、細胞をいっぱい作って、心臓ができたり爪《つめ》ができたり目ができたり、というのを調べていくのが発生学ですね。

三浦　ひとつの細胞から、というところがポイントですかね。

中谷　うん、そうですね。

三浦　「発生」って用語が、少しわかってきました。発生学、おもしろそうですね。

中谷　実は私、そうは思っていたものの、大学に入学したときは有機化学に行きたかったんですけどね。

三浦　あらら、それはまたどうしてですか？

中谷　ただ単にその先生が好きだったんです（笑）。

三浦　あ、それは重要なポイントですよね！

中谷　おじいちゃんの先生で、講義もすごく楽しくて。ぜひ研究室に入りたいと思ったんですけど、先生はもう定年で学生取らないって。それで、じゃあやっぱり発生をやろうと。

三浦　どの段階で、大学院まで行こうと思われたんですか。

中谷　最初は、大学院進学もそんなに考えてなくて。四年生で発生の研究室に入ったんですけど、「卵を縛る」とか、そういう実験をやっている研究室じゃなかったんです。それで、もうちょっと卵を使った研究をしてみたいな、と。

三浦　卵にこだわりがおありなんですね。イクラとか食べるの好きですか。

中谷　イクラも数の子も食べるの好きです。

三浦　なんなんでしょうね、その卵好きって。

中谷　なんなんだろうなあ。とにかく、なにか卵を使った仕事がしたくて、卵の実験をしようと、東京工業大学の大学院に入りました。

　発生学の教科書を見せていただいた。ぜ、全部英語……。カラーの写真がたくさん載っている。

三浦　写真がきれいで、眺めるだけでも楽しめる教科書ですね（←英文が読めなかったので、こういう感想になってしまった）。この、光っている細胞はなんの生物ですか。

中谷　これはセンチュウですね。土のなかにいる、一ミリぐらいの透明のちっちゃい虫です。この虫は実験に適していて、発生の研究がすごい進んでいるんですよ。卵の細胞が分裂して、ひとつの細胞が二個になり四個になり、といっぱい増えていく。そのひとつひとつの細胞が、将来ここの神経になるとか、胃の一部を作るとか、全部わかっているんです。

三浦　えっ。どうやってわかったんですか。

中谷　顕微鏡で細胞が分裂するのをずーっと観察して、それが成虫のどこの組織になっていくのかを調べたんです。

三浦　なんという根気！　じゃあ人間も、「卵のこの細胞は、将来、目の一部になる」とか、決まっているということなんですか。

中谷　ほぼそうですね。人間はもうちょっと細胞数が多いので、いろいろ複雑になってきて、センチュウのようにはきっちり決まっていないんですけど。

三浦　「センチュウで発生の仕組みを調べよう！」と思いついたひとは、すごいですね。いるんだかいないんだかわかんないほど小さいのに。

中谷　体が透明だから、顕微鏡下で過程が全部見えるんですよ。研究に最適。たぶん、センチュウを最初に使おうと思ったひとは、「よっしゃ！」と思ったでしょうね。

三浦　自分の研究に適した実験対象を見つけるのも、研究者のセンスなんですねえ。話は戻りますが、東工大の院に入られて、いよいよ念願の卵の研究をはじめられたんですか？

中谷　大学院に進学するとき、東工大について調べたら、卵をやっている先生はいなかったんです。

三浦　なんと。

中谷　発生生物学講座があって、星元紀《もとのり》先生（東京工業大学名誉教授）というかたがいらしたんですが、受精をやっている。私、受精なんか全然興味ないしと思って、でもとりあえず話だけ聞きに行ったんですよ。そしたら、星先生というのがまた、すごいダンディな先生で。

三浦　あ、またそういう部分を情熱に変えて（笑）。

中谷　いまは放送大学で教えていますけど、ふつう、教授室って本があふれてて汚いんですよ。でも星先生の部屋は、観葉植物がバーッとあって、ロマンスグレーで細身のメガネをかけて、「いやあ、いらっしゃい」みたいに迎えてくれて。あら、すてきな先生、と（笑）。

三浦　そんなダンディな先生が受精の研究って、生々しすぎやしませんかね。

中谷　もちろん優秀で、いい先生で。その星先生に開口一番、「きみはなにをやりたいんだ」と言われて、私も遠慮なく、受精の研究室に見学に来たくせに、「実は初期発生をやりたいんです」と。

三浦　「初期発生」とは、受精の直後ぐらいの段階ですか。

中谷　そうです、卵が分裂するところ。そうしたら星先生が、「まだ本決まりじゃないけど、春からそういう研究をやっている先生が来るんだよ」と。それが、いまは大阪大学大学院の教授の西田宏記《ひろき》先生で。

三浦　西田先生はダンディですか。

中谷　……（微笑して返答を差し控える中谷さん）。とにかく星先生に、「西田先生がホヤの研究で、まさにきみがやりたいと思っているようなことをしてるから、よかったら来ないか」と言われて。それまでホヤのことなんて全然知らなかったんですが、西田先生の研究について調べたらおもしろそうで、それで東工大の大学院に進むことにしました。

三浦　ホヤって、なんでしたっけ？

中谷　これです（と、中谷さんは『ホヤの生物学』〔佐藤矩行《のりゆき》編・東京大学出版会〕という本を見せてくれた。すごい本があるもんだ……）。

三浦　ああ、黒いパイナップルみたいな、海の生き物。食べたことあります。

中谷　いわゆる飲み屋でよく出ます。**中谷**　尾索《びさく》動物といって、人間みたいな脊椎《せきつい》動物に進化する、ひとつ手前の動物。ホヤって卵から分裂していって、最初はオタマジャクシのようになる。

三浦　なんだか精子みたいな形状ですね。

オタマジャクシの尾にあたる部分に、背骨のようなものが透けて見える。

中谷　脊索《せきさく》といいます。これを使って泳いで、岩場を見つけたらくっつく。くっつくと尻尾《しっぽ》と脊索をなくして、変な生き物に変態しちゃって、三年ぐらいで私たちの知るホヤの大きさに成長します。

三浦　泳いでいるときは、生殖活動をしないんですか？

中谷　そのときはまだ、卵や精子を作る器官ができていないんです。一生を過ごす岩場にくっついてから、生殖活動をはじめます。ホヤは雌雄同体なので、体のなかに卵と精子を持っているんですよ。

三浦　不思議な生き物ですねえ。中谷さんが研究して判明した、ホヤの事実はなんで

すか？

中谷　ホヤも実は、私たち人間に近いような発生メカニズムを持っていた、ということですね。ホヤの発生のメカニズムは、以前はこう説明されていたんです。「筋肉になる因子や脊索になる因子が、ホヤの卵のなかのどこかに、あらかじめある。細胞が分裂するときに、筋肉になる因子をもらった細胞だけが、筋肉になる」。でも私の研究から、そうじゃないとわかった。たとえば、将来脊索になるのは、卵のなかのこの位置の細胞だ、と決まってます。ではどうして、それらの細胞は脊索になるのか。実は、隣にある細胞から、「あなた、脊索になりなさい」とシグナルが出ている。シグナルを出す細胞自身は、脊索ではない組織になっちゃう。つまり、脊索になる因子を、細胞がどこかからもらってくるのではない。隣りあった細胞同士が、「きみは脊索になれ。俺は脊索にはならず、ほかの組織になるから」と、やりとりするんです。ヒトの細胞でも、同じようなことがしょっちゅうあるんですけど。

三浦　ほえー。細胞って、ものすごく協調性があるんですねえ。

中谷　細胞がみんな勝手に、「俺は神経になるぞ！」「俺もだ！」「おー！」って言ったら、全身が神経だけになっちゃったりして、困りますからね。もっとすごくなると、隣の細胞ではなくて、「僕からこれぐらい離れている細胞は、神経になっちゃダメだよ」「僕から何細胞以内にいるやつは、神経になってもいいよ。それより向こうにいるのはダメ」と、もっと遠くの細胞に向かってシグナルを出す。

三浦　へえー。細胞ひとつひとつに人格があるみたいだ。

中谷　ホヤにはそういうシステムはないと言われていたんですが、「いや、そうじゃない」と、最初に実験的に証明したんです。

三浦　さらっとおっしゃったけど、最初ってすごいですよ！　どういう実験をしたんですか？

中谷　脊索になる細胞を一個だけ取りはずすと、脊索にならない。なるはずの位置にある細胞なのに、ならない。でも、お隣の細胞をくっつけておくと、きちんと脊索になる。

三浦　そうか、隣からのシグナルがないと、脊索になれない、ということですね。しかし、細胞を一個だけ取りはずすというのは、いったいどうやって……。

中谷　手作業です。

三浦　えっ。むちゃくちゃ小さいですよね。

中谷　ホヤの卵は、直径が二八〇ミクロンだったかな。顕微鏡で見ながらやるので、全然問題はないんですけど。

三浦　いやいやいや……（驚愕《きょうがく》）。

中谷　ガラスの棒をライターの火とかで熱して溶かし、ヒュッと引いて、頭のところに小さな小さな針みたいなものを作るんです。針の部分で、細胞をはじいていく。顕微鏡の下で。これが楽しいんです。これがやりたかったんです、私は（笑）。

道具の実物を見せていただいたのだが、ガラスの棒のさきからピョロッと出た針状の部分は、「納豆の糸か!?」と思うほど細い。こんなものを手作りするのが、私にはまず無理だ。これを使って、極小の卵から一個だけ細胞をはじくなんて、神業だ。いやはや、すごい。

中谷　実験器具なんて手作りが多いですよ。

三浦　まあ、「ホヤの細胞をぐいぐいはじく！」なんて謳《うた》い文句の商品があったら、そっちのほうが驚きという気もしますが……。

中谷　みんな自分のものは自分で作って、下手くそな子は下手くそなりに頑張って。まつ毛を使ったりとか。

三浦　え、まつ毛？

中谷　私は主人とアメリカ留学中に知り合ったんですが、彼はセンチュウの研究をやっていました。センチュウの卵をいじるのには、まつ毛を使うといいんです。特に、長くてクルッとしている、外人のまつ毛。彼はいいまつ毛が欲しくなったら、狙《ねら》いをつけた友だちに、「ちょっとおまえのまつ毛、一本くれ」と言って、もらってたそうです。

三浦　……みなさん、ちょっとどうかしてますね（笑）。研究にかける情熱が尋常じゃない。

中谷　ホヤの卵を集めるのも大変で。ホヤの卵を欲しいひとたちが、青森にある東北大学の臨海実験所に二カ月寝泊りして、冬の海に潜って、卵をわけあって実験するんです。私は潜れないから、ホヤを採るのは西田さんとかにお任せしましたけど。

三浦　中谷さんの先生なのに、冬の海に潜らせる。卵は何個ぐらい必要なんですか？

中谷　一日三十個、せいぜい百個でいいんですよ、私は。でも、「一万個欲しい」ってひともいます。

三浦　そんなにどうするんですか。

中谷　卵から遺伝子を取ったりとか、遺伝子が作っているタンパク質を取ったりとか。クリスマスは毎年、青森。クリスマスの朝早くから、実験所の目のまえで釣りし

発生について、わかりやすくレクチャーしてくださる中谷さん。しかし私の背中には、前章のロバ氏に通じる哀愁が……。どうしよう、ちん・ぷん・かん・ぷん！

そこで中谷さん、教科書に載っている写真も駆使して説明してくださいました。わあ、本文は全部英語だ……。

下のほうの水槽まで覗きこんでいるところ。ゼブラフィッシュが泳いでいます。観賞用のメダカみたいに、小さくてきれいな魚でした。

たり。

三浦　渋い……。アメリカに留学なさったとおっしゃいましたが、そこでもホヤを研究されたんですか？

中谷　カリフォルニア大学サンタバーバラ校のビル・スミスという先生が、たまたま研究室での働き手を求めていたんです。ビル・スミスって、カエルの発生ではすごく有名な研究者で、いい論文をいっぱい出していて。私も彼の論文は読んでいて、カエルおもしろそうじゃん、と思って。

三浦　もうホヤはいい、と。

中谷　それでビルに、「雇ってくれませんか」と一生懸命英文メールを書いて送ったら、「俺はホヤに興味があるんだ」って（笑）。「おまえの論文も読んで知っているから、ぜひ来てくれ」と。「え、ホヤですか……」って思いながら行った。ビルはカエルのテーマも考えてくれたんですけど、明らかにホヤのほうがテーマがおもしろそうだったので、結局ホヤやりました。

三浦　門外漢からすると、「ホヤをやっている」「センチュウをやっている」「カエルをやっている」という言いまわしが、なんだかおもしろいです。

中谷　「なにを研究してるんですか」「ウニやってます」とか言いますね。「カエルやってるビル」、そんな感じですね。

三浦　留学から戻られてからは、どうなさったんですか？

中谷　ホヤの研究をするうちに、やっぱり遺伝学のほうも勉強しないといけないと思いはじめたんです。遺伝子のどこに異常があると、尻尾の短いホヤの子どもが生まれるかとか。そういう実験は、ゼブラフィッシュという魚で研究が進んでいたので、だんだん魚の勉強もしはじめて。東工大の先生がお手伝いしてくれる人材を探してますというので、研究室に入ったら、その先生が、「再生というのもおもしろいんだよ、メダカのヒレを切ると再生するんだよ」なんて言いだした。「卵じゃないけど、まあいいか」と思って、また全然意図しない方向に向かいつつあります。

三浦　研究対象って、移っていくものなんですね。

中谷　移ったりもします。ひとつのことを突きつめていくと、新しい要素が絡《から》んできて、組み合わせたらどういう実験ができるかとか。いまはこっちのほうがおもしろいから、と研究の対象を変えてみたり。自由なんですよ、本当に。

三浦　これから目指すところはなんですか？　ノーベル賞とか。

中谷　そんな大それたことまでは考えてないけど、研究をずっとやっていければいいなと思っています。ただ単に、研究がおもしろいからつづけていたら、ここまで来たっていう感じなので。もちろん、たとえば教授になって、自分の研究室を運営して、というふうになれたらいいなとも思いますけれど、そこまでなれなくても、自分で手を動かして研究して、いろんなものを発見して。できれば発生生物学はずっとやりたい。

三浦　究極的になにを知りたくて、研究するんだと思いますか？　ホヤの卵を一生懸命調べても、それすなわち、人間の幸せに役立つ、ということはあまりないですよね。

中谷　直接的には役には立たないですね。

三浦　となると、中谷さんを研究に駆り立てる情熱は、どこから来ているんでしょうか。

中谷　おもしろいから（笑）。もう本当に、それだけですね。もちろん、たとえばインフルエンザの特効薬を見つけて、多くのひとの役に立ちたい、という研究者もいると思うんですけど。でも、ノーベル賞をとった下村先生は、「クラゲはなんで光るのかな」という好奇心から仕事をはじめた。研究者はたぶん、みんなそう思っているんです。好奇心から。おもしろいから。まさにそれなんですよ。

科学者はきっと、崇高な理念と壮大な目的意識のもと、日夜人類のために研究に励んでいるにちがいない。役立たず代表みたいな自分に引け目を感じつつ、そんなふうに考えていたのだが、中谷さんのお話しをうかがい、安心するとともに胸打たれた。

知りたいから。おもしろいから。それはまったく真実だ。未知のもの、おもしろいものを求めてやまない人間の精神、この世界をもっと知りたいという熱望が、今日もどこかで発見を生んでいる。

もし、不思議な現象やおもしろいものに対する好奇心と感動を失ってしまったら、途端に世界は色あせ、たぶんひとは生きてはいけなくなってしまうだろう。

ふ

「東京工業大学」のＨＰです。集え、発生生物学に興味のある若人よ！
http://www.titech.ac.jp/

中谷さんの二〇一五年現在のお勤め先、「セバ・ジャパン株式会社」のＨＰ

（日本語版）は、現在準備中です。
本社のＨＰはこちら。英文です（むむむ……）。
http://www.ceva.com/en

フィギュア企画開発　澤山みを

三十九歳　二〇〇九年五月

澤山みを（さわやま・みを）
一九六九年三重県伊勢市生まれ。
愛知県立芸術大学美術学部デザイン科卒業。
一九九二年株式会社バンダイ入社。現在はコレクターズ事業部で開発業務を担当。

オタクの例に漏れず（？）、フィギュアや食玩《しょくがん》が好きだ。熱心な収集家とは到底言えないレベルだが、小さなお人形を棚に飾っては、うっとりと眺めている。こんなすばらしいものを、いったいどういうひとが作っているんだろう。

そこで、「株式会社バンダイ」にお邪魔し、お話しをうかがってきた。一九九二年入社の澤山みをさんは、フィギュアの企画開発を手がけておられる。

三浦　まずは、数あるおもちゃ会社のなかで、バンダイを志望した動機をお聞かせください（入社面接風）。

澤山　もともとオタクで、キャラクターが好きだったんです。学生のときは美術系の大学にいまして、キャラクターとかオタク生活とかとは縁遠い生活を送っていたのですけれども……。

三浦　おおっ、オタクでしたか！（↑激しい食いつきを見せる三浦面接官）　大学では、専攻はなんだったんですか？

澤山　デザイン科だったんです。やっぱり美術系の学校だと、在学時はそんなにオタク文化に触れないじゃないですか。

三浦　もっと尖《とが》ったものに憧《あこが》れるというか。

澤山　それ以前は、相当濃いオタク少女だったんですけどね。

三浦　大学時代は、オタクである自分を隠していたんですか？

澤山　隠していたというか、まあ本当にデザインを勉強していたので、オタク文化に触れなくてもいいやという期間が四年くらいあったんです。でも、オタクって再燃しますね、という感じで。

三浦　治らない病《やまい》みたいなもんですからね。

澤山　バンダイを目指したきっかけは、たまたまテレビで見たロボット物のアニメが、おもしろかったんです。すごくできのいい、ロボットのおもちゃも発売されていて。「あ、こういうふうにアニメと連動した、おもちゃの仕事があるんだ」と、そのときに気づきまして、じゃあ、おもちゃ会社を受けてみよう、一番大きいところから行こう、ということでバンダイを受けてみたら、ご縁があって入社することができました。

入ってから思い返してみると、私も小さいころに、バンダイというか、ポピー（キャラクター玩具を扱っていた、バンダイの子会社。現在はバンダイと合併）のおもちゃでたくさん遊んでいたなあと。すごく居心地のいいところに行き着いたんだな、と。

三浦　入社されるときから、開発や企画をやりたいという志望だったんですか？

澤山　やはりデザイン科だったので、当然志望しましたし、アピールもしました。配属されたのは、ベンダー事業部カプセル課、いわゆる「ガシャポン」の部署です。

三浦　カプセル課では、どういうことをやるんですか？

澤山　カプセルの中身の企画ですね。最初は営業事務的なことを二年間担当しまして、社会人としてなんとかなってきたかなというころに、企画開発のチームに移ることができました。

三浦　企画開発のお仕事って、具体的にはどういう流れで進めるものなんでしょうか。

澤山　こういうお人形だったら（と、ご自身で企画開発された、「ウルトラヒロイン空想特撮少女図鑑」シリーズのフィギュアを手にする澤山さん。「ウルトラマンシリーズに登場するコスチュームをフューチャリングした」商品なのだが、女性隊員のポーズや服の皺《しわ》などが的確に表現されていて、すばらしい質の高さである！　大・興・奮！）、まずはラインナップや仕様を決めます。

三浦　どのユニフォームをフィギュアにするか、ラインナップを決めるんですね？

澤山　そうです。次にデザイナーさんに、キャラクターのイラストをお願いします。

三浦　いろんな角度の絵を描いてもらうんですか？

澤山　イラストは正面と背面を描いていただきました。パッケージに載っているイラストです。ポージングは、「このキャラクターの決めポーズは、やっぱりこれですかね」と、はじめに打ちあわせたりして。

三浦　じゃあ、決めポーズをデザイナーさんとやってみたりしてるわけですね（笑）。キャラクターのデザインができあがったら、次はなにをするんですか？

澤山　原型製作に入ります。こんな原型を発注しますよとか、いくらで作ろうよというのは、製造取引をしている工場と打ちあわせます。原型を見て、立体として映えるかどうかを判断するのは、ちょっとノウハウが必要な世界です。それは、仕事のなかで見る目を養っていくしかありません。

三浦　やはり、腕のいい原型師さんっていらっしゃるんでしょうね。

澤山　はい。お願いするだけで、すばらしいものが仕上がってくるかたもいらっしゃいますし、図面どおりに作ってくださるかたもいらっしゃいます。そのひとのタイプによって、修正をお願いする言葉や表現を使いわけていきます。

三浦　原型は、どういう素材で作るものなんですか。

澤山　原型師さんによって、いろいろです。ポリパテという樹脂の一種で、固めて削りながら作るかたとか、紙粘土みたいな素材もわりと多いです。珍しいところで、蠟《ろう》原型というのもありますね。ロウソクの蠟でできていて、あたためると溶けちゃう。

三浦　一番難しい部分、こだわる部分は、どこですか？

澤山　まずは顔ですね。あと、私がこだわるのは、体の骨格として辻褄《つじつま》が合っているかどうか。骨格とか重心の掛けかたですね。そのへんは、美大で勉強した人体の知識が役立っているかもしれない。

澤山さんのスケッチブックを見せていただく。あたりまえなのかもしれないが、ものすごく絵がうまい！　どちらの足に重心を置くか、かかとを上げるか下ろすかなど、キャラクターのポーズのアイディアが細かく描かれている。

澤山　できあがった原型は、べつの樹脂で複製して、今度は金型《かながた》用の原型を作ります。それを中国の工場に送って、金型を作ります。あとは、上がってくるサンプルのチェックの繰り返しですね。金型というのは、鯛焼《たいや》きの型のようなものです。
三浦　いっぱい工程があるんですねえ。
澤山　これでも、細かいところを省いた説明なんです（笑）。
三浦　金型どおりの形で、色のついていない状態のフィギュアのパーツが、ぽこぽこ出てくるわけですね。色は手で塗っているんですか？
澤山　彩色用の原型の複製というのもあって、だいたい、まずは日本国内で彩色の見本を作ります。それは当然、上手なかたが手で塗ってくれます。見本を中国の工場に送って、同じふうに彩色してもらったサンプルをチェックします。量産するときには、工場で「マスク」というものを使いまして、形としては、「色を塗りたいところにだけ穴があいている鯛焼きの型」を思い浮かべていただけるといいかなと思うんですけれど。マスキング用の鯛焼きの型に、下からお人形のパーツをあてて塗料を吹くと、穴のあいた部分だけ彩色される。その工程を繰り返して、色をつけていきます。
三浦　やっと完成ですか？
澤山　腕とか足とか、ばらばらになっているパーツを接着して、完成です。
三浦　ひえー。いやはや、ものすごく細かくて複雑な工程が、何段階もあるんですね。企画からはじまって、そのすべてをチェックなさるなんて、感性と根気の両方を求められるお仕事ですねえ。話は戻りますが、美大に入るまえは、どんなオタク生活だったんでしょうか。

澤山　それについては、年表をご覧いただいて……。

三浦　ね、年表？

澤山　「ガシャポン」の部署から異動して、いまは年齢が高めの層をターゲットにした、コレクターズ事業部という部署にいるんです。それで、部署のみんなで二年ぐらいまえに、自分のおもちゃ歴などを書いてみたんです。これを見ると、だいたい私の成り立ちがわかるので、持ってきました。

「ちょっと恥ずかしい」と言いつつ、澤山さんは一枚の紙を差しだした。「澤山みを　玩具生い立ち」と銘打たれた、本格的な年表である。部署内で各人の詳細な「玩具生い立ち年表」を作成するとは、なんだか楽しい会社だ。

年表は項目分けされていて、「見ていたアニメ」「見ていた特撮・テレビ」「見ていた漫画・本」「遊んでいた玩具」「備考&担当キャラクター」が一目でわかる。澤山さんの備考欄はおもしろくて、「歯医者に行くのと引き換えによくおもちゃを買ってもらう」「テレビは夜八時まで。この家訓が中学入学まで続く」（↑恨めしそうな澤山さん）などと書いてある。

三浦　「ビデオ（β《ベータ》）購入」！（爆笑）

澤山　オタクって人生の選択一個一個が、なんでか知らないけどオタクサイドのものになっちゃうんですよ（しんみり）。

三浦　「どうしてβなんだ！」っていうね……。わかりますよ（しんみり）。あ、パソコンも、ウィンドウズではなくマックを購入なさってますね……（しんみり）。澤山さんは、ご出身はどちらですか？

澤山　三重県の伊勢市です。東京でやっているテレビも何割かは見られなくて、情報に飢えていたわけですね。それで、どんなオタクだったかというと、「じゃあ私は情報戦で勝ってやる！」と、わけのわからないプライドを持った中学生で。……いやな中学生だなあ。

三浦　「玩具生い立ち」によると、アニメ雑誌を買ってますね。「アニメージュ」はあいいとして、「ＯＵＴ」って（笑）。相当コアなアニメファンのための雑誌ですよね。

澤山　なんでも読んだし、アニメ誌から吸収できる情報は、友だちのだれよりも自分が詳しくなってやる的な、本当に八十年代っぽいオタク生活のスタート地点があった

見てください、小さいけれど精巧なこのフィギュア！

むっちゃうれしそうですね……。

澤山さんのスケッチブックです。こんなふうに絵が描けたらなあ……。

これが噂の「玩具生い立ち年表」だ！
事件や出来事として記載されている事柄が、フツーの年表とはかなり異なるようです。

んですよ。よく地方から出てきた友だちと話をするんですけど、「やはり地方のオタクは、ハングリーさがちがう」と。

三浦　名言出た！（笑）　社員のオタク率は高いんですか？

澤山　いえ、企画チームであっても、半分ぐらいかな。オタクじゃなくても、やれる仕事でもあるんです。企画はやはりプロデュースなので、いかにバランスを取っていけるかというスキルが一番大事です。

三浦　マニアックにこだわりすぎてもいけないんですね。澤山さんは、わりと割り切れるほうですか。

澤山　割り切っちゃうほうかな。妥協という意味では決してなく、バランスを取って落としどころを見つけていくのも、それはそれでまた楽しいので。担当するからには、もとになる作品やキャラクターを知っていなければなりませんし、「社会性のあるオタク」であることが、この仕事をするには一番望ましいですね。

澤山さんの手がけられた商品は、すごいラインナップだ。『ポケットモンスター』、『新世紀エヴァンゲリオン』をはじめ、『鋼《はがね》の錬金術師』、『ケロロ軍曹』などなど、大人気の作品が目白押し。『サイボーグ００９』って、このフィギュア、私も持っている！　大事に部屋に飾ってある！　そうか、澤山さんが企画開発なさったフィギュアだったのか。感激もひとしおである。

三浦　ご自分でアニメや漫画を見て、「いける！」と思うんですか？

澤山　そういうこともありますね。最近は三カ月ぐらいで終わっちゃうアニメが多いので、そこで先物買いするのが難しい状態ではあるのですが。十五年ぐらいいものを作ってきて、「これは来るんじゃないか」と着手したキャラクターが、予想どおり当たったことも何度かあるんですけれど、そういうときは最高に気持ちいいですね。

三浦　当たりそうだというのを見わけるポイントは、どこなんでしょうか。

澤山　私の場合は、「あのあたりのオタク友だちが騒いでるということは、これはきっと、こういう層に受けるだろう」とか、「ネットで話題になってるな」とか、もちろんそれがすべてではありませんが、そういうところを判断基準にしていますね。最近だと、戦隊物の『侍戦隊シンケンジャー』のおもちゃが非常に売れているのですが、どうも大人のお姉さんに評判がいいらしいという話を聞きつけまして、いまちょっと商品を企画中です。

三浦　ネットも含めて、口コミが大事ということですね。具体的に商品化の段階に入ってからだと、どの時点で、「これはヒットするぞ」という予感がするものなんですか？

澤山　やはり、原型師さんの手によって、精巧な原型ができあがった瞬間。いけそうな原型は、ものすごくできがいいんですよ。そこでまず、「来たっ！」と思って、確信したりしますね。

三浦　どんなにストーリーがおもしろくて質の高いアニメでも、「このキャラクターは立体化しづらい」というものもあるんじゃないかと思うんですが、そのへんはいかがですか。

澤山　ありますね。これを立体にすると、もしかして魅力が出ないかもな、というタイプの作品はあります。「なんで、あんなおもしろい作品をスルーしたんだろう」ということがあるので、やはり商品化しやすいものとしづらいものの法則は、他社さんも含めて、なんとなく共通してあるんじゃないかなと。あとは、旬《しゅん》の時期に乗れるかどうかも、関係してきますよね。ものによりますが、キャラクターを商品として世に出すまでには、短くても五、六カ月かかるので。

三浦　短くて五、六カ月ですか。そうなると、当たるかどうか、早く見きわめて着手しないといけませんね。

澤山　もう十年以上まえなんですが、ガシャポンで「ポケモン」に着手したのは、アニメになる前年で、ゲームしかなかったときでした。

三浦　社長賞が出たんじゃないですか。

澤山　もらいました（笑）。

三浦　ご自分でゲームをやっていて、「これはおもしろい」と思ったんですか？

澤山　そうです。もともと任天堂さんの担当で、「次の新作はこれだよ」とご案内いただいて、ゲームをプレイしたらすごくおもしろかったので、「これは来る」と。そのころすでに、ちゃんと彩色した商品がたくさん世に出ていたんですけれど、「無彩色でいいから、とにかくいっぱい欲しい！」と思って。第一弾として、人形を三十種類作ったんです。そうしたら、爆発的に売れまして。

三浦　それはたしかに、ポケモンのキモの部分を突いた発想ですね。「ポケットモンスターを集める」というゲームですから、チビッコもやっぱり、「色はついてなくていい。とにかく全種類のポケモン人形が欲しいんだ！」と思ったんでしょうね。

澤山　ポケモンは全部で百五十一匹いたんですけど、当時の上司が、「いいから全部作っちゃいなさい」と言ってくれたので、本当に半年ぐらいで、百五十一体、全部コンプリートしたんですよ。折しもポケモンのアニメ化が決まったころで、それから数年間、ポケモン漬けの日々がつづきました。
三浦　じゃあ、ポケモンの名前とか、全部言えたんですか。
澤山　「赤」「緑」、「金」「銀」も大丈夫です。
三浦　それは、チビッコに負けない記憶力ですよ。すごいですね、澤山さん！（註：「赤」や「緑」は、ポケモンのシリーズ名。それぞれ、私には無数匹と感じられるほど、多くのポケモンが登場する）　しかし、入社してまだ四年目ぐらいのときですよね。
澤山　ラッキーでしたね。そこで成功体験を得られたのが、すごくよかったなと自分でも思います。キャラクターを商品のシリーズとして、トータルプロデュースすることを学べました。だから、いま後輩の面倒を見ていても、「企画に配属されてから、できれば二、三年のうちには、一度はエースになってもらいたい」という話は、よくしています。勝ちかたを覚えると、そのさきもまた拓《ひら》けます。
三浦　当たらないままつづけるって、つらいですものね……。マニア心と、売れ線を狙《ねら》う心とは、どう折りあいをつけていらっしゃいますか。
澤山　私は、カプセルトイ（ガシャポン）を長く作ってきたこともあって、いまもコレクショントイを担当することが多いんですよ。そうすると、五、六種類のフィギュアを一度に作ったりする。そういうときは一種類だけ、すごい冒険をしてみたり、すごく変なものを入れてみたりします。ひとつだけ見せ場を作るというか。そのかわり、残りの四つか五つは、多くのかたが望んでいらっしゃるものを作ります。これなら、マニアのかたの心をくすぐることも、多数派にご満足いただくこともできるのではないかなと。そんなバランス感覚でやっていますね。

三浦　「ぼくの小学校」シリーズも、澤山さんの企画ですよね。これもまた、すごい発想だと思うんですが。

澤山　小学校の文化が、もともと大好きだったんです。理科の実験道具のフラスコとか試験管とか、すごくきれいでかわいいじゃないですか。そういう、学校物のミニチュアがたくさんあったらいいんじゃないか、と思いついたのがはじまりです。おおかたの日本人が、小学校に通った経験を持っていますよね。そこをすくい取ったら、商品として成立するんじゃないかと。

三浦　なるほど、たしかに。じゃあ、「ぼくの小学校」シリーズのミニチュアを夢中になって集めたのは、主に大人なんですね？

澤山　現役の小学生は、学校にまつわるものを毎日見ていますからね（笑）。

三浦　ミニチュアを買って小学生時代を懐《なつ》かしむ心境には、まだなっていないでしょうね。

澤山　「懐かしい」と思っていただけるかどうかは、ひとつのポイントです。仮面ライダーなどのキャラクターも、多くのひとが共通体験を持っているから、いまも商売として成立するわけで。「ぼくの小学校」シリーズでも、商品化するにあたってチョイスしたのは、児童が一番多かったであろう昭和五十年代なんです。そのころのテイストを持ったミニチュア。

三浦　目のつけどころがいいですねえ。いまは、どういうキャラクターを担当なさっているんですか？

澤山　ここ数年やっているのは、池袋の乙女ロードに来るような、キャラクター好きの女性に向けた商品のシリーズです。私自身も十代のころ、いろんな作品に夢中だったので、その体験が活《い》きるんですよ。

三浦　「いまどきの若者は、まだまだ甘い。かつての私の（オタク的）熱情とは、質量からしてちがう」と感じたりしますか。

澤山　いえ、「好き」という気持ちのありかたは、基本変わらないです。だけど、社会性のあるオタクの女性が、非常に増えたのではないかなと思います。日常生活と、キャラクターを好きな気持ちとを、きちんと切りわけていらっしゃる。「好き！」をオープンにしていい場所と、そうじゃない場所とを、ものすごくわきまえていらっしゃると思います。自分が十代のころは、朝から晩まで、本当にどっぷり「好き！」だったんですが（笑）。

三浦　オタクライフを、かしこく満喫してる女性が多いんですね。女性も男性も、商品を買うかたの数は増えていますか？

澤山　増えていますね。

三浦　大人もたくさん買うから、少子化の影響はないのかな。

澤山　オタクのかたは、卒業しないので。

三浦　あ、そうですよね。我が身を顧みれば、明らかなことでした。オタクは一生、オタクのままです（笑）。しかも、いまは長寿社会ですから……。

澤山　購買人口は増えていく一方です（笑）。

フィギュアをいろいろ見られたし、製作工程を教えていただけたしで、至福の時間であった。オタクに生まれて、よかっ……た……（感涙）。

好きな分野を仕事にするのは、楽しくもあるけれど、つらかったり、やりにくかったりすることも多いと思うのだ。しかし澤山さんは、ものを作る情熱と、商品として多くのひとに愛されるための戦略とを、見事に両立なさっている。そのおかげで私たちは、買ってうれしい商品であり、なおかつ、眺めたり触ったりして胸がときめく作品である立体造形物を、生活のなかで気軽に手にすることができる。
澤山さんは、日曜の朝は毎週、息子さんと一緒に『侍戦隊シンケンジャー』を見ているそうだ。英才教育（オタクとしての）にも、ぬかりはない！　楽しいお母さんでいいなあと、澤山さんの息子さんがうらやましくなったのだった。

ふ

「株式会社バンダイ」のＨＰです。澤山みをさんは、このなかの「魂ウェブ」というサイトの企画を手がけられていたこともあります。
http://www.bandai.co.jp/
http://www.tamasii.jp/

現場監督　亀田真加

二十九歳　二〇〇九年八月

亀田真加（かめだ・まなか）
一九八〇年千葉県生まれ。
東京大学大学院工学系研究科社会基盤工学専攻修了。
二〇〇四年、前田建設工業株式会社に入社。
現在は事業企画部で、再生可能エネルギーやコンセッション事業などを担当。

数年まえに、前田建設が手がける「日比谷《ひびや》共同溝」の現場を見学させていただいたことがある。共同溝とは、水道やガスなどのライフラインを通すための、巨大なトンネルだ。地下鉄や共同溝といったトンネル網が、東京の地下には縦横無尽に張り巡らされているのだそうだ。

はじめて見たトンネル工事の現場は、とても印象深いものだった。まず、造形が大変美しい。コンクリートが隙間《すきま》なくはめこまれた壁は、なめらかに弧を描き、未来の都市かＳＦ映画のセットかという様相だ。さらに、想像していたよりも働くひとの数が少ない。トンネル工事というと、カナリアの入った籠《かご》を先頭に、大勢が人力で土や岩を掘り進め、たまに地下水が噴出して「総員退避！」といったイメージがあるが、現状はまったくちがう。機械化が進み、必要最低限の人員が粛々と効率よく作業する、これまたＳＦ的風景が広がっていたのだった。

そこで今回は、前田建設の亀田真加さんにお話しをうかがった。亀田さんは、日比谷共同溝をはじめ、いくつもの現場で現場監督を務められている。

三浦　現場監督とはどういうお仕事なのか、教えてください。現場で一番えらいひとですよね？

亀田　いえ、私はまだ年下なので。前田建設の現場監督として、所長以下職員が何名かいて、そのなかの一番下《した》っ端《ぱ》です。元請けの前田建設のまわりに協力会社さんがいて、そこの作業員さんですとか材料メーカーさんですとか、そういうかたがたに指示を出したり注文したり、というのが現場監督の仕事です。

三浦　ひとつのトンネルを掘るときに、前田建設の社員のかたは何人ぐらいいらっしゃるんですか？

亀田　私のいたトンネルの現場ですと、多いときで十五人ぐらいだと思います。

三浦　現場全体の人数は？

亀田　その日の作業にもよるのですが、機械を動かすひとや、土を出すダンプの運転手さんとかも全部含めて、昼夜あわせると、おそらく五、六十名いたと思います。

三浦　じゃ、三分の一弱は前田建設さん。だけど、やはりイメージよりは、作業に従事する人数が少ないですよね。トンネルのように大きなものを掘るにしては。

亀田　シールド工法のトンネルの場合は、機械化がかなり進んでいますので、人数は非常に少ないほうですね。

三浦　「シールド工法」について、ちょいと説明していただけますか。

亀田　トンネルを掘る工法って二つあって、一つは、上からガバッと掘って、トンネルをスポッと置いて、埋め戻す。もう一つがシールドで、まずは縦穴を掘って、機材を地下に降ろす。そこから、シールドマシンという機械を使って、横穴を掘っていきます。掘ると同時に、あらかじめ地上で製作しておいたトンネル部品を組み立て、壁面を覆《おお》います。こうして、土と地下水と地盤を支えながら進むんです。この工法だと、地上の建物をどかさずにトンネルを掘ることができます。

三浦　都市部に適した工法ですね。

亀田　日比谷共同溝はシールド工法で、地下三十メートルの場所に、直径七・三メートルのトンネルを掘りました。

三浦　日比谷の現場には、何年いらしたんですか？

亀田　入社してすぐに配属されて、約二年です。当時は、女性はトンネル内では作業できなかったので、私は地上から指示を出していました。

三浦　えぇっ、女性はトンネルに入れないんですか？　どうして？　山の神さまが怒るからとか？

亀田　いえ、入れるんですが、そこで作業してはいけないという法律があったんです。女性と子どもに過酷な労働をさせてはいけない、という。炭鉱時代に、弱者擁護のためにできた法律が、そのまま残っていたんです。それが女性の社会進出とともに、ようやく見直しの機運が出てきた。

三浦　それがいつごろのことなんですか。

亀田　二〇〇五年ぐらいかな。日比谷の現場に、小泉純一郎首相（当時）が見学にいらした。ちょうど私が居合わせまして、縦穴を降りるエレベーターが工事用のものなので、操作しなさいと上から言われたんです。

三浦　おお、首相と一緒のエレベーターに乗ったんですね。話しかけたりしましたか。

亀田　いえいえ。おつきのひともいて、もう非常にものものしい雰囲気で。時の総理大臣ですからね。緊張して、全然覚えてないんですけど。ただ、そのときに、当時の国土交通大臣と関東地方整備局長が、「実はこういう法律があって、女性はトンネル内では作業できないんです」と、小泉さんに話をされていました。

三浦　それがきっかけで、一気に法改正へ傾いたんですね（改正労働基準法の施行は二〇〇七年）。亀田さん、歴史的局面に居合わせてますね！　会話をそばで聞いていて、どう思われましたか。

亀田　私が現場に従事するまえから、法に対する活動は水面下では非常にあって、先輩の女性技術者のみなさんが、いろいろな取り組みをやってきているんです。その活動がだんだん盛りあがってきていたところへ、小泉さんがいらして事が進んだ。小泉さんはひとつのきっかけではあったのでしょうけれども、それがすべてではなく、やはり、これまでのみなさんの努力のおかげなんですよね。私は新入社員ですから、たまたまその場にいただけなんです。

三浦　亀田さんは、トンネル内では女性は作業できないということをご存じでしたか？

亀田　いえ、入社するまで知りませんでした。知って、びっくりしました。

三浦　ですよね。法改正されてよかったですね。場所や年齢性別に関係なく、過酷すぎる労働を強いてはいけないのは当然ですが。

前田建設さんはトンネルだけじゃなく、もちろん建物も建てるんですよね？（会社案内を眺めて）おや、ダムや橋も作ってる。

亀田　業界的には、「ダムの前田」と言われてますが、基本的にはなんでも作ります。

建設会社は、内部で「土木」と「建築」に大きくわかれています。最近は一緒にやることも多いんですけれど、私が所属しているのは土木です。ダムやトンネルを担当します。高層マンションは建築の担当ですが、地盤の部分に土木の職員が行って、基礎工事を担当する場合もあります。

三浦　入社した時点で、土木か建築か志望を出すんですか。

亀田　ええ。まず大学の専攻を決めるときに、建築か土木のどっちかに進む。

三浦　かなり若いころに決めてしまうんですね。それだけ専門性の高い仕事ということかな。いまは一般家屋の建築では、女性の建築士さんがいっぱいいらっしゃいますけど、土木関係だとどうなんですか。

亀田　私のころで、工学部土木工学科の一、二割ぐらいが女子学生。

三浦　建築は？

亀田　三、四割いました。建築は華やかなイメージで、土木はというと、実験とか、土、コンクリートのイメージ（笑）。

三浦　まず工学部自体が、女子の数が少なそうですが……。

亀田　物理的なことが好きだったんで理系を選んで、やはり建築を頭に置きながら工学部に進んで。私の大学は、二年から三年に上がるときに学科を選ぶんです。ところが、いざ建築科に行こうと思ったら、点数がたりなくて……。
三浦　そんな消去法で土木を。
亀田　ま、土木でいいかと（笑）。でもやってみたら、けっこう楽しかった。
三浦　現場監督さんは、工学部出身が多いんですか？　現場で叩《たた》きあげのひとは、いないんでしょうか。
亀田　基本的には、工学部出身が多いですね。でも、土を食べるひといますよ。成分や種類がわかるそうです。私にはわかりませんが（笑）。土をガリリとかじって、「む、石灰質」とか。
三浦　就職するときは、建設会社に的を絞っていたんですか。
亀田　絞りましたね。ほかの建設会社も見にいったり、お話しを聞きにいったりはしましたが、受けたのは前田建設だけです。
三浦　それはどうしてですか？
亀田　いろんな会社の担当のかたとお話しをさせていただくなかで、弊社の担当者が、「一緒にやりましょう」と一番親身に、すごく前向きに話を聞いてくれたので。あ、この会社だったらやっていけるかな、と。それで、最初に「なにをやりたい？」と聞かれたときに、「トンネル」と答えたんです。
三浦　「ダムの前田」なのに、あえて「トンネル」と（笑）。

亀田　ここでちょっと一発かましとこうかと、一番過酷そうなイメージの「トンネル」と（笑）。私が入社したときは、女性の現場技術者はまだ少なくて、「建設会社に就職したい」と言うと、「大丈夫なのか」と周囲から心配されました。
三浦　ものすごく男社会なイメージがありますもんね。
亀田　だから自分でも覚悟を決めて、やるからには一生懸命やろうと思って面接にのぞんだんです。
三浦　その覚悟の表れが、「トンネル」だったんですね。実際に、トンネルがいままでも一番過酷な現場なんですか？
亀田　いや、そんなことはないと思います。自然条件にもよるでしょうけれど。
三浦　現場監督になるぞというひとで、男性と女性の比率はどれぐらいなんでしょう。
亀田　自分のときは、土木に二十人ぐらい新入社員がいて、女は私一人です。
三浦　そして、日比谷共同溝に配属された。実際やってみてどうでしたか。
亀田　楽しいです。先輩がたに話を聞くと、「こんなにおもしろい仕事はない」と言うひとと、「こんなにきつい仕事はない」と言うひとと、極端にわかれるんです。「どっちなのかな、これはもうやってみるしかない」と思って現場に飛びこんだら、言っている意味がわかった。やっぱり、きついからおもしろいし、おもしろいからきついんです。そういう仕事の醍醐味《だいごみ》って、あるじゃないですか。しんどいからこそ、それを乗り越えて、すごい充実感がある。

三浦　どういう種類のきつさでしょう。

亀田　不安で眠れないことがあります。現場監督って、右も左もわからず入社してきた瞬間に、すでに中間管理職なので。どう見たって自分より経験も知識もある熟練の作業員さんたちに、指示を出さなければいけない。

三浦　熟練のおじさんのなかには、「なんだなんだ、娘っこの言うことなんぞ聞けねえ」というひともいるんですか。

亀田　もちろんそうです。最初はみんな。

三浦　その状況を、どうやってまとめていけばいいのか……。拳《こぶし》で言って聞かせるとか？

亀田　いやいや（笑）。おじさんたちの意見を聞くんです。前田建設の先輩現場監督にも聞いて、そのうえで考えを練りなおします。現場は朝八時から夕方五時までですが、私は朝六時に現場の事務所に行って、七時には現場のおじさんたちに段取りを一生懸命説明して、八時におじさんたちが持ち場につくとちょっと一息、という感じでした。

三浦　それが毎日。大変ですね。
亀田　でも、どれだけ考えても、現場ではうまくいかないことばかりなんですよ。「材料たんねえぞ」とか、「この図面の、ここはどうすんだよ」とか、がんがん怒られて。
三浦　おじさんたちは、そのうち打ち解けてくれるんですか？
亀田　くれるんですよ。すごい怖いイメージがあるじゃないですか。でも、実はみんなすごい優しくて、ちゃんとやろうと思っている人間に対して、すごく親切なんです。「おまえ、あそこのあれ、忘れてるだろう」とか、こっそり教えてくれたり。一人で現場の全部をできるわけじゃないので、コミュニケーションが一番大事なんですよ。いろいろ頼んで、みんなでやらなきゃいけないので。
三浦　作業員さんのあいだで、そりが合う合わないがあると思うんですが、喧嘩《けんか》が起きたらどう対処するんですか？
亀田　ひとつの現場に、いろんな会社が分担して入ってますからね。「あっちの会社は道具を片づけないで帰った」とか、不満や行きちがいはあります。そのときは、「私が片づけますから」と、あいだに入ったりもします。現場監督は、熟練の作業員さんや現場の所長など、かかわってもらうすべてのひとに対して、風通しをよくする立場ですね。なんでも聞ける、なんでも言ってもらえる、そういうコミュニケーションを取らないと、やっていけないです。

三浦　みんなでなにかをやるのは、得意なほうだと思いますか？

亀田　ひとのなかにいるのは好きだと思いますけれど、先頭切ってやるほうではないと思います。

三浦　男社会だという先入観がありましたが、あまり性別は関係ない仕事なんですねえ。

亀田　屋外作業という、それだけですね。

三浦　日焼けどめを塗りますか。

亀田　もうあんまり気にしてないです。

三浦　そうなんだ。色白でらっしゃるから。

亀田　産休中に、抜けたんです（笑）。

亀田さんは現在、育休中なのである。この日は炎天下にもかかわらず、生後三カ月の娘さんをつれて、わざわざ出社してくださったのだった。取材中の子守りは、ほかの社員のかたが「責任をもって！」と次々に名乗りを挙げたらしい。明るくておおらかな社風とお見受けした。
前田建設は、土木分野だけでも、ものすごくたくさんのものを作っている。ダムや共同溝や橋、新幹線や高速道路のトンネル、青函トンネル（！）、東京湾アクアライン（!!）などなどだ。

亀田　フィールドは国内にとどまりません。ひとのいないところでも、電気のないところでも、仕事はあるので。

三浦　すごいですねえ。世界のあちこちで、こんな大きなものを作るなんて。日比谷共同溝のあとは、どんな現場に行かれたんですか。

亀田　台湾です。高雄の地下鉄を掘ったんですけど、ちょっとカルチャーショックでした。台湾流の文化や仕事のやりかたがあって。

三浦　台湾には台湾の、熟練のおっちゃんたちがいるんでしょうね。

亀田　でも、逆に優しかったですね。「おー、日本人の女の子が来た！」みたいな。台湾では、女性の現場監督はすごく珍しがられました。

三浦　何カ月、赴任されたんですか。

亀田　半年だけです。ホテル住まいをしていました。台湾は親日ですし、漢字文化ですし、料理もおいしいので、ほかの国に比べれば恵まれた現場だと言われています。ただ、異常に暑い。三月の時点で三十度超えてるんですよ。トンネル内は涼しいんですが、地上がもう……。私だけへろへろでした。

高雄の現場の写真には、現地職員と一緒に満面の笑みを浮かべた作業服姿の亀田さんが写っている。

三浦　充実した日々なのが伝わってきますね。現場では、いつも作業服なんですか？
亀田　入社以来、スーツなんか十回ぐらいしか着たことないです（笑）。
三浦　おや、写真のうしろのほうに、祭壇のようなものが写ってますが……。
亀田　工事がはじまるまえとか、トンネルが貫通したときとか、節目節目にお祓《はら》いやお参りをします。安全祈願というか、そういうのを大事にしています。台湾でも、それは同じでしたね。お線香たいて、お祈りして。
三浦　トンネルが貫通したときは、やはりワーッという感動があるんですか。みんなで盛りあがる、みたいな。
亀田　あります、あります。ゴールのところで待ち構えていて、向こうからシールドマシンの顔が出てくるんです。そのときはもう、みんな大騒ぎです。
三浦　亀田さんはどんな気持ちでしたか？
亀田　いや、えらいひとはそこで待ち構えているんですが……。日比谷のときは、私は地上で異常がないか確認してました。
三浦　せっかくの感動場面なのに。
亀田　電話がかかってきて、「貫通したよ」「あ、おめでとうございます」(笑)。
三浦　しょんぼりですよね。
亀田　あとでこっそり記念撮影しにいきました。
三浦　台湾から帰国されて、次はどこへ行かれたんですか？
亀田　東京の砂町《すなまち》の下水処理場です。いまは、もっとエコな感じで言わなきゃいけないので、「水再生センター」というんですが(笑)。建物の基礎を作るために、大きな柱みたいな杭《くい》を地中に埋めこんでいました。そこに一年半いましたかね。
三浦　ひとつの仕事に、ずいぶん時間がかかるものなんですね。
亀田　私なんか短いほうで、ダムだと何十年とかかりますから。砂町のあとは、同じく東京の金町《かなまち》の浄水場に行きました。
三浦　その現場で、結婚相手に出会われたんですってね。

台湾高雄の現場で（写真提供：亀田真加さん）。右手奥に祭壇が見えます。

前田建設さんがネーム入りヘルメットをプレゼントしてくださいました。枕もとに常備して寝ています。

多岐にわたる建設会社のお仕事を、パンフレットを使って丁寧に説明してくださいました。

亀田　そうです（照）。
三浦　むふふ。共同溝、地下鉄のトンネル、浄水場など、形態や使用目的のちがう建造物を担当なさっていますが、現場監督としての仕事に変わりはないんですか？
亀田　基本的には同じです。今日一日をまわすこと。明日の準備、材料やひとの手配や、計画をおじさんたちに説明する資料を作ったりすること。来週の準備、来月の準備、先月の報告書の作成、と同時多発的に、いっぺんにいろんなことをやらなきゃいけない。かつ、おじさんたちがわかれて作業するので、平面的にもあちこちを見てまわらなければいけない。けっこう忙しいので、ひとつのことに集中するというよりも、頭のなかで並列して進めていく。それがまた楽しい。
三浦　スケールは全然ちがいますが、家事をやるときの、「洗濯機をまわしてるあいだに、米をとぐ」みたいな感じですかね。
亀田　まさしくそんな感じです。
三浦　そういう段取りを考えるのは、まえから得意だったんですか。
亀田　好きですね。今日やることをメモして、順番をつけて進めていくのが。それが途中で狂わされると、びっくりするんですけれども。
三浦　しかし、赤ちゃんを育てるのは、予定した順番どおりにいかないことの連続でしょうね。

亀田　いままで自分のペースでやってきたので、子どもができてはじめて、ひとのペースに合わせなきゃいけなくて。最近ようやく慣れましたけれど、すごいストレスでしたね。

三浦　だんなさまも、同じようなお仕事をされているんですよね。やっぱり、段取り魔なんですか？

亀田　いや、彼はもっとおおらかというか、「順番なんて、べつになんでもいいんじゃない」ってタイプ。

三浦　すごくいいコンビだ。見ていて、あの現場監督さんは人間関係の調整が下手とか、資材の発注のタイミングがいつも悪いとか、そういう個人差はありますか。

亀田　それは本当にあります。ただし、たとえばコミュニケーションが下手なひとは書類を作るのがうまいとか、お客さんに対する説明がうまいとか、そういう得手、不得手があるので。

三浦　全部がだめなひとはいない、と。そりゃそうですよね（笑）。現場監督に向いている性格はありますか。

亀田　ひとが好き、ものが好きということ。それと、理屈も大事です。作業員さんたちは、やはり経験を持っていますよね。我々は理屈を持っていて、その両方が組みあわさっていいものができあがる。数学的、物理的、技術的な部分を持ちあわせてないと、現場監督の意味がない。だから新人のときに心がけたのは、「経験則からして、こうです」と言われても、実際に数字として正しいかどうか、自分でもう一回計算しなおして、確信を得てから作業をはじめてました。

三浦　でも、専門的な計算式を示しても、大半のひとにとっては意味不明ですよね？どう説明するんでしょう。

亀田　それはもう、いままでの信頼関係で、「亀ちゃんが言うんだったら、じゃあいいよ」って納得してくれます。おじさんたちが、「これでいいのかな。ちょっと計算してみてよ」と言ってくれたりすると、すごいうれしいです。自分に価値があると思える。

三浦　妊娠なさってからは現場を離れて、設計に移られたんですよね。設計と現場と、ご自分としてはどちらがいいですか？

亀田　両方好きです。技術者として両方大事だと思っているので、設計をしっかり学びなおして、自分の技術的な面につなげられればいいなと思ってます。そうして、できればまた現場に出たいですね。私が入社して現場監督になったとき、冷たい風当たりがなにもなかったのは、先輩の女性監督が一生懸命やっていたからだと思うんです。だから、女性の先輩がたにすごく感謝しているし、自分が後輩たちに対して、そういう流れを崩しちゃいけないとも思っています。

三浦　そうですね……（感動）。できあがった建造物を見ると、「やったぞー！」と、うっとりしますか？

亀田　共同溝も地下鉄も、できあがったものは、地上からはなにも見えないから……。

三浦　うっ。金町の浄水場はどうですか。夫婦の出会いの場所でもある、記念碑的建造物ですよ！

亀田　衛生面でもテロの面でも、浄水場はふつうのひとは入れないので……。

三浦　しょん……ぼり……。

緑の下の力持ちとして、亀田さんは人目に触れにくい現場で働く。そのおかげで、我々は水や電気やガスを使ったり、地下鉄や車で便利に移動できたりしているのだ。

亀田さんは誇りを持って、しかし肩肘《かたひじ》張ることなく、仕事にも子育てにも邁進《まいしん》していた。

慣習や法律を変えるのは、個人の力だけでは難しいこともあるだろう。前田建設のように、進取の気風で壁をぶちやぶっていく集団が、もっともっと増えるといいなと思う。

ふ

「前田建設工業株式会社」のＨＰです。「ファンタジー営業部」というコーナーは必見です！
https://www.maeda.co.jp/

ウエイトリフティング選手　松本萌波

二十三歳　二〇〇九年十月

松本萌波（まつもと・もえは）
一九八六年東京都生まれ。
千葉県立松戸国際高校にてウエイトリフティングをはじめ、早稲田大学を経て、
いちごグループホールディングス（株）入社。同社にて仕事と競技の両立を目指す。
二〇〇五年、二〇〇六年と全日本ジュニア選手権女子58kg級二連覇。
二〇〇九年全日本選手権女子58kg級で初優勝。

現在の日本では、「力持ち」があまり称賛されない傾向にある気がする。国民の大半が人力で農業に勤《いそ》しんでいたころとはちがうのだから、それもいたしかたないところだろう。特に女性は、「折れそうに細く、かわいらしい」のがよしとされる風潮がある。

そんななかで、ウエイトリフティング（重量挙げ）に真剣に取り組む女性とは、どういうひとなのか。ウエイトリフティングの実業団選手、松本萌波さんにお話しをうかがうことにした。いちごグループホールディングス株式会社所属の松本さんは、二〇〇九年の全日本選手権58kg級で優勝した、トップアスリートだ。ナショナルチームの一員でもある。

現れた松本さんは、小柄でかわいらしい感じのかただった。……あれ？なんか予想してた「力持ち」のイメージとちがうぞ？

知られざるウエイトリフティングの世界へ、レッツふむふむ！

三浦　ウエイトリフティングをはじめられたのは、いつですか。

松本　高校からです。高校にたまたま部活があって、という選手が多いですね。私は運動部に入ろうとも全然思っていなかったし、英語の勉強をしたくて、その高校に行ったんですけれど。部活動見学のときに、すごく細い男子の先輩が、四十キロをふわっと持ちあげていて。「あんなに軽々と」と衝撃を受けて、直感的に「やってみたい」と思ったのがきっかけです。

三浦　それまで、「自分は重いものを持ちあげるのが得意だ」と感じたことはあったんですか？

松本　いや、小さいときはぜんそく持ちで、運動が得意というほどでもなくて。中学では走り幅跳びをやっていて、瞬発力はもともとあったみたいですが。

三浦　はじめてすぐに上達なさったんですか？

松本　一年生の終わりに全国大会に出場しました。そのときは入賞はできなかったんですけど、すごく楽しかったのは覚えています。

三浦　一年もしないうちに全国大会とは、すごいですね。まわりの反応はいかがでしたか。「箪笥《たんす》を移動させたいんだが」みたいなことはありませんでしたか。

松本　ほかのクラスの先生がわざわざ、「松本、いるか？」とやってきて、パソコンをいっぱい持たされました。
三浦　ちょっと先生、「いっぱい」ってひどくない？（笑）
松本　でも、重量挙げをやってるからといって、力持ちというわけではないんです。持ちあげるものがあの形で、あのフォームで挙げるから、挙がるのであって。
三浦　じゃあここで、「私を持ちあげてください」とお願いしても、それはまたべつの話なんですね。
松本　挙がるとは思いますが（笑）。
三浦　ウエイトリフティングに必要な身体能力とは、どういうものなんでしょうか。
松本　バネというか、足の力。瞬発力です。
三浦　腕の力ではないんですか？
松本　足の蹴《け》る力。足腰と背中。一瞬のパワーですね。私は、垂直跳びは以前から跳べていました。ウエイトの選手って、垂直跳びがけっこう得意なんです。あとは、重心がずれたりすると、もう挙がらないので、いかに自分の体の軸に沿って重いものをしょわせるか、です。
三浦　入部したてのときは、まず何キロぐらいを持ちあげるものなんですか。

松本　重りをつけていない状態で、バー（シャフトといいます）の重さが十五キロなんですが、力がない子、力が出せない子は、持ちあがらないんですよ。私もなかなか十五キロに行けなかったです。最初は箒《ほうき》を持って、フォームを固めてから、少しずつ重量をつけていきます。

三浦　かっこいい先輩の姿に、だんだん近づいていく感じがしましたか？

松本　いえ、なにか残念な感じがしました（笑）。先輩はすごく締まっていて、すらっとした筋肉だったんですよ。でも、筋肉のつきかたにはタイプがいろいろあるので、私はどんどんむきむきになっていっちゃって。「ああ、もっとかっこいい感じになるのかなと思ったら、こんなマッチョに……」と、すごいショックでした（笑）。

三浦　うむむ（笑）。男子部員よりも持ちあげられるようになったんですか？

松本　弱い子よりは持ちあげられるようになりましたが、男女ではやはり筋力がちがいますね。いまは、腕相撲で男のひとに勝ったりするときもありますが、それは私が、力の出しかたを知っているからです。運動はなんでもコツだと思うんですよ。

三浦　大きな力を、いかに楽に、軽く出せるかということなんですね。

松本　たぶん。一回力を抜く、ということに、ウエイトリフティングの選手は慣れているかもしれません。どのスポーツも同じだと思いますが、力を出すまえは、一回力を抜かないといけない。たとえば野球の投手でも、それまではゆっくりした動作で、最後に球を離すときに、一番スピードが出るじゃないですか。体操の選手がウエイトリフティングをやると、けっこう強いんですよ。自分の体をコントロールするのがうまい。

三浦　以前、「長距離に必要な筋力には、毎日のトレーニングが欠かせない。けれど短距離の選手は、少しさぼっても、持って生まれた筋肉、瞬発力で、案外走れちゃう」という話を聞いたことがあります。ウエイトリフティングも瞬発力ということは、短距離型の筋肉ではないかと思うんですが、それでもやはり、毎日の練習は大事なものですか?

松本　定期的にやらないと、感覚を忘れてしまうという不安がありますね。特に女性は筋力が落ちやすいし、ちょっと風邪をひいて練習を三日しなかったら、急に重たく感じたりする。その感じが、たぶんみんな怖いというか衝撃なので、毎日トレーニングします。

三浦　松本さんから見て、この後輩は伸びそうだ、というのはわかりますか?

松本　力の使いかたがうまいひとはいます。腕に力が入っていると、パワーがうまく伝わらなくて、挙がらないんです。本当にセンスのある子は、力まないで重りを腕にぶらさげることができる。人間は百パーセントの力を出しきると死んでしまうそうですが、その百パーセントにどうやってより近づけていくかが練習かなと思うので、最初から自分の力をコントロールできる子は、センスあるなという気がします。

三浦　そのあたりのことは、コーチは言語化して教えてくれるものなんですか。

松本　動作に関しては……、ちょっと効果音が多いかもしれない（笑）。

三浦　わはは。「ガツンと行け！」みたいな。

松本　「そこでグッ、グッ」とか。

三浦　「グッ」と言われてもなあ……。長嶋茂雄《ながしましげお》タイプなんですね。

松本　言いたいことはわかるんですけれど。……こんなこと言って、怒られちゃうかもしれない（笑）。

ウエイトリフティングには、「スナッチ」と「クリーン&ジャーク」の二種目ある。「スナッチ」は、広い手幅でバーを握り、床から一気に引き挙げ頭上で受け止める。「クリーン&ジャーク」は、まず「スナッチ」より狭い手幅でバーを握り、床から引き挙げたバーを胸（鎖骨）にのせる（クリーン）。次に、胸にのせたバーを膝《ひざ》の屈伸を使って一気に頭上に挙げる（ジャーク」で三回、次に「クリーン&ジャーク」で三回持ちあげ、二つの種目の最高記録を合計した重量によって、順位が決まる。

三浦　どっちの種目が得意とか、ひとによってあるんですか？

松本　あります。スナッチのほうが、ちょっと難しいと言われていますね。でも、クリーン&ジャークのほうが強くないと、勝負には勝てないとも言われます。

三浦　それはなぜですか？

松本　スナッチが難しいのは、ちょっとでも軸がずれると、ぽろっと落としてしまうからです。クリーン&ジャークは、バーがうまく体にのれば、あとは立てばどうにかなるので。さきにスナッチで三回挙げますから、ジャークが強いほうが逆転できる可能性が高くなります。スナッチで負けていても、相手がまず何キロ挙げたかを見て……。

三浦　そうか、駆け引きが。

松本　あるんです。けっこう作戦が難しくて。

三浦　パズル的というか、数字を読んでいかないといけないんですね。

松本　はい。相手が成功したら、こっちは次に何キロにするかとか。階級別なので、同じ重量を挙げると、体重が軽いほうが勝ちになるんです。なので、うまく相手を見ながら、セコンドについているコーチとかが重量を決めます。

三浦　擬音派のコーチも、そこはやはり綿密な作戦を……？

松本　はい。……たぶん（笑）。

三浦　ウエイトリフティングが盛んな国は、どこなんですか。

松本　ギリシャでは国技になっていて、強いですね。あとはロシア、ブルガリア、韓国、中国も強い。

三浦　ということは、白人で筋肉むきむきである必要は、特にないんですね。

松本　白人とアジア系では手足の長さがちがうので、フォームがちょっとちがいますが。

三浦　フォームにルールはないんですか？

松本　自分に合ったフォームが一番いいので、「絶対にこう」というのはないです。もちろん反則動作もあって、スナッチでは、挙げる途中で肘《ひじ》が曲がると失敗になります。ジャークでは、肩まで持ちあげて立ちあがったときに、シャフトが揺れたり膝が曲がったりすると失敗です。そのへんは厳しいです。

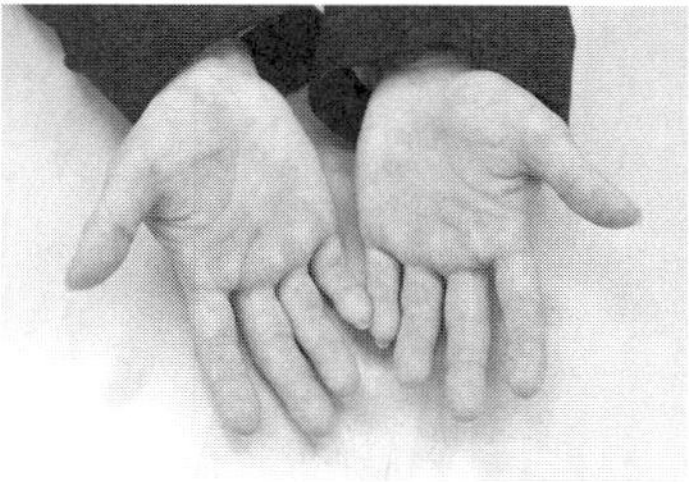

松本さんはとても小柄で、手も小さかったです。でも、
鍛錬の跡が見受けられるかっこいい掌でした。

こちらがスナッチの最終姿勢です。

こちらがクリーン＆ジャーク。床から引き挙げたバーを胸にのせ、それを膝の屈伸を使って一気に頭上に挙げます。そのとき、バーを安定させるため前後に脚を一気に広げるので、写真のような姿勢になります。このあと、バーを頭上に挙げたまま、前後に広げた脚をそろえ静止します。
（写真提供：いちごグループホールディングス株式会社）

三浦　選手には、どういうタイプのひとが多いと思われますか？

松本　負けず嫌いのひと、我慢強いひと……。あとはちょっと個性的というか、マイペースなひと。

三浦　ふふ。松本さんは、どういうタイプですか？

松本　昔はひととしゃべるのがあまり得意ではなく、静かにしていて、すぐ寝るというか（笑）。そんなに活発なタイプじゃなかったです。でも、どうしても先輩後輩、先生とのやりとりをしなければいけないから。親は、「スポーツすると礼儀が身につくものだね」と言ってくれましたが、自分ではよくわからないです。

三浦　最初にウエイトリフティング部に入ると言ったとき、反対はされませんでしたか。

松本　両親もおばあちゃんも大反対でした。母は、「漬物石を持ちあげられたって、なんの得にもならないでしょう」と。

三浦　お母さん、おもしろいですね（笑）。

松本　競技用の靴も、高校生にはものすごく高いんですけど、自分の貯金で内緒で買って。受注生産で一足四万円くらい、中国製でも二万円とかするんですが。それでも、しばらくして試合を見にきてくれて、そこからは急に応援してくれるようになりました。

三浦　いかに真剣に取り組んでいるかが、伝わったんでしょうね。

松本　母は応援に来て、寝込んじゃったりもしました。いまも、「やめたかったら、いつでもやめなさい」って。逆にそう言ってくれているから、ほかでプレッシャーを感じているぶん、ちょっと楽ですね。

三浦　プレッシャーか……。ウエイトリフティングに馴染《なじ》みがなかったひとたちにも、興味を持ってもらうというか、競技を広めていく役割も、いまはおありですもんね。

松本　それは入社してから、すごく実感しています。会社のかたが応援してくれて、「すごいね」とか「感動した」と言ってもらえると、すごくうれしい。もっといろんなひとに、ウエイトリフティングを知ってもらいたいと思います。

三浦　会社の業務においては、団体競技的なチームワークも必要ではないかと思いますが、いかがですか？　ウエイトリフティングとはまたちがった楽しさや難しさはありますか？

松本　学生時代はけっこうタフな扱いをされてたんですが、会社では男性社員が、さりげなく重いものを持ってくれたりするので、びっくり。

三浦　学校の先生には、パソコンいっぱい運ばされてたから（笑）。いい会社ですね。

松本　はい。でも、持てるけど、と思う（笑）。

三浦　そりゃそうだ（笑）。「きみごと持ちあげられるぜ」という感じですよね。でも、そういうときはお任せしちゃうのですか？

松本　お任せして、省エネしています。

三浦　練習の体力を温存しないといけないですもんね。いまはだいたい、どういうスケジュールなんですか？

松本　九時半から六時半が定時なのですが、四時ぐらいまで仕事をして、早大の練習場に行かせてもらっています。それから夜まで練習して、家に帰る、という繰り返しです。土曜も練習、日曜は半日練習のときもあれば、お休みのときもあります。

三浦　うーん、大変ですね。どんな練習をなさるんですか？

松本　ただひたすら持ちあげたり、担《かつ》いだり、スクワットしたり。デッドリフトといって、引く動作の練習もあれば、走ったり跳んだりもあります。試合がしばらくないときは、体重を増やして筋肉をつけるメニューもあるし。

三浦　一日にどれくらい持ちあげるものですか？　何回ぐらいとか……。

松本　練習のメニューによってちがいますが、総重量で計算します。「今日は何トン」とか。

三浦　トン！　単位が、トン！

松本　シャフトが十五キロだから、十回挙げればそれだけでも百五十キロなので。でも、いつも百パーセントの力を出しているわけではなくて、「今日は自分の六十パーセントの力で三回、十セット」とか、「今日は軽めに五十パーセント」とか、パーセントで調整しています。女性ってやはり月の周期があるので、六十パーセントでも重くて重くて、という日もあれば、気がつくと挙がってるぐらい調子のいい日もあるんです。自己新の記録が出るときなんか、本当に重さを感じないです。すっと挙がる。調子がいいときって、シャフトが手に吸いつく感じ。日によって感覚が全然ちがう。シャフトを握ったときに、調子の良《よ》し悪《あ》しがわかります。社会人になってからも、日々感覚が変わっていて、いつまでできるのかなってちょっと不安です。

三浦　そういう感覚にどんどん敏感になるというのは、より強くなっているということではありませんか？　はじめたころは、「挙がった、挙がった」で喜んでいられるけど、もっと繊細で微細な部分に踏みこんでいってるからこそ、変化を感じ取られているのではないでしょうか。

松本　ただ、そんなにずっと伸びつづけるというわけではないので……。たぶん自分の限界のほうまで、だいぶ近づいていて、それで日々の感覚のちがいに敏感になっているんだと思いますね。

三浦　そうか、経験を重ねることによって、見えすぎちゃう部分もあるのかもしれないですね。記録が伸びにくい時期、スランプのようなものは、やはりあるんですか。

松本　みんなありますね。踊り場のある階段のような感じですかね。一気に伸びたかと思うと、ずっと止まって、また伸びて。

三浦　それは、ちょっとしたバランスの崩れみたいなものが原因だったりするんですか。

松本　そうです、そうです。鏡で見たりするんですけど、自分では気づかないうちに、フォームがどんどん変わっていっちゃったり。私の場合、大学に入ってから伸びなくて、三年生の終わりにポンと壁を抜けたんです。先輩に、「顎《あご》が上がってる」と言われて、それを直したらすごく伸びて。だれかの一言だったり、自分で気づいたりして、考えてやらないと伸びない競技ですね。すごく奥が深いです。

三浦　顎か……。持ちあげるとき、どこを見ているんですか？

松本　目線はまっすぐですね。私は試合まえにプラットフォーム（演台）に上がって、まず目線を決めておきます。目線が下がると、頭や背中の角度も変わってしまう。

三浦　いや、難しいですねえ。試合に向けて、テンションはどうやって上げていくんですか？

松本　イメージなんですけど、やりたい気持ちを抑えて抑えて、試合のときに怖いんじゃなくて、わくわくするように心がけています。一週間まえから、「今日はもうちょっと練習したいけど、ぐっと抑えて」みたいな。

三浦　自分をじらすんですね。怖いというのは、持ちあがらなくて怖いということですか。

松本　そうですね。失敗したらどうしようとか。三本失敗すると、失格になって順位がなくなってしまうんです。ウエイト人生のなかで一回だけ、オリンピックまえの大事な予選で失格してしまったことがあって。それがずっと残っていて、「またスナッチを三本失敗しちゃうんじゃないか」とか、試合まえに夢を見たりしますね。「ちょっとメンタルが弱い」と、よく怒られるんですが。やはりわくわくしているときが、一番うまく挙がります。

三浦　しかし、試合まえに全然不安にならないひとなんて、いるんでしょうか。

松本　身体能力がすごくて本当に強いひとは、全然緊張しないって言ってました。

三浦　ほんとかなあ。強がりや見栄《みえ》ではないのか？

松本　女子の選手のほうが、月の浮き沈みもあるし、試合まえにナイーブになりますね。

三浦　それがふつうだと思います（笑）。いい指導者とは、どんなひとだと思いますか？

松本　きついメニューを考えるのは、たぶん簡単で、そのひとに合ったメニューを考えられる指導者が一番だと思います。

三浦　選手の様子をよく観察できるひと、ということですね。何歳ぐらいまで競技をやるかたが多いんですか？

松本　ほとんどのひとが大学まででやめてしまいます。仕事としてつづけられる環境が、なかなかないので。昔、日本がすごく強かったころは、四十歳手前までやっていた選手もいたみたいです。

三浦　微細な調整が必要だからこそ、若さだけでなく経験が非常に大事なんでしょうね。日本でも、選手が長く続けられる環境になればいいですね。

松本　そうですね。ほとんどみんなやめてしまうので、さびしいです。

三浦　ライバルがいないと、やる気もなかなか出ないでしょうし……。

松本　私、今年はじめて全日本選手権で優勝して、自分がウエイトリフティングを引っ張っていかなければならないというのを感じているので……。競《せ》るひとはいるのですけれど、自分との闘いの競技だなと、いまは本当に感じています。

三浦　やっていて一番気持ちいいのは、どんなときですか。

松本　スパーンと挙がった瞬間はもう、すごい気持ちいいです。ジャークで勝負に勝って、「よし、やったぞ！」とみんなが喜んでくれたときは、これまでつらい練習を我慢してきてよかったと、その瞬間だけ思います。

三浦　あ、瞬間なんだ（笑）。

松本　力を出しきるので、終わったら本当にわなわなしちゃって、すごく不思議な感覚です。歩いてるけど、歩いてないみたいな。コップすらも重くて、なにも持ちたくない。早く寝たいです（笑）。

　試合の映像を見せていただいた。松本さんは、ふだん話しているときと、まるで顔つきがちがう。極度に集中し、闘志をみなぎらせているのが伝わってくる。こんなに心身ともに力を傾注させたら、試合後は虚脱してしまうのも当然だと思った。

三浦　よろしかったら、目標をお聞かせください。

松本　ゴールを決めないとたぶん頑張れないと思うので、一応目標はロンドンオリンピックまでと決めてます。ロンドンのとき、二十六歳になるので、そこがきっとピークかなと思っていて。あと、いま58kg級の日本記録が、スナッチ八十九キロ、ジャーク百十五キロ、トータル二百キロなんですね。私のベスト記録は、スナッチ九十一キロ、ジャーク百十一キロ、トータル二百二キロ。だから、ジャークも含めた日本記録を全部更新したいです。

三浦　す、すごい……（ハイレベルすぎて絶句）。気分転換はどうされてますか？

松本　テレビで「ここがおいしい」とか言ってたら、一人でも食べにいっちゃいます。最近だと、渋谷のハンバーグ屋さんがおいしかった。三十分ぐらい並びましたが、並ぶのもけっこう好きです。

三浦　えー。どうして、並ぶのがお好きなんですか？

松本　そのあいだに期待がふくらむ。

三浦　なるほど（笑）。でも、期待が裏切られるときもありますよね。怒っちゃったりしませんか。

松本　「残念……」と思って、黙って全部食べて帰ってきます。

三浦　本当に穏やかなかただ（笑）。気分転換といえば、買い物はどうですか。

松本　最近の服って本当に細めで、ズボンもタイトなスカートも入らないんですよ……。

三浦　細すぎですよね！（怒）

松本　服を探すのが大変です。いまの体型で、いい服をあまり買いたくないし……。引退したら、ゆっくりして、かわいい服を買いたいです。って、なんかちょっと悪いイメージになっていたらすみません。

三浦　いえいえ、悪いイメージなんかないですよ。読者のかたもむしろ、競技にも松本さんにも親近感が湧《わ》いてると思いますよ！

松本　楽しいスポーツだと思うので、ぜひ試合を見にきてください。

松本さんは、素人《しろうと》にもわかりやすく、ウエイトリフティングの奥深さを教えてくださった。お話しをうかがっていて、非常に論理的で、自分のことを把握なさっているかただ、という印象を受けた。毎日たゆまず、自分の心身と真剣に向きあっておられるからだろう。競技へのストイックな姿勢と、優しく素直な気性とが絶妙に混在していて、なんとも言えずチャーミングだった。

松本さんの試合を見て、ウエイトリフティングの魅力に開眼するひとは、これからもどんどん増えるはずだ。

ふ

二〇一〇年の全日本選手権、松本萌波さんは惜しくも二位でした。現在の日本記録は、スナッチ九十キロ、ジャーク百十五キロ、トータル二百一キロだそうです。「今年はリベンジとともに、記録更新を目指しています」とのこと。陰ながら応援しております！

お土産屋

小松安友子　三十四歳

コーカン智子　四十六歳

二〇一〇年一月

小松安友子（こまつ・あゆこ）
一九七五年神奈川県鎌倉市生まれ。
結婚後、実家の家業である「折笠商店」に入る。現在、四代目店主。

コーカン智子（コーカン・ともこ）
一九六三年東京都生まれ。
電車内の中吊り広告につられて、ふらっと鎌倉に移り住む。これまで旅してまわった国は、三十から四十カ国。

土産としてもらったり買ったりした耳かきや湯飲みが、いつのまにか部屋に馴染《なじ》み、手放せない愛用品になっていた、という経験はだれしもあるだろう。

　私にとって、お土産屋さんは憧《あこが》れの職業のひとつだ。お店に並んだ品々を眺めていると、確実に胸が高鳴る。私もお土産屋さんになってみたい。鳩《はと》にエサをやりつつ店番したり、行き倒れた旅人を介抱するうちに恋が芽生えたりしてみたい……！

　そこで、鎌倉《かまくら》のお土産屋さんにお話しをうかがうことにした。この章は、特別に二本立てだ。まずは、長谷《はせ》の大仏さまのまえにある「折笠《おりかさ》商店」の小松安友子さんに、レッツふむふむ！

三浦　このお店は、開店してどれぐらいですか？

小松　祖父の代からなので、五十年以上は経《た》つんじゃないでしょうか。

三浦　お店のまえには大きな木もあって、昔ながらのお土産屋さんという感じがしますね。大仏さまの真んまえで、立地もいいですし。小松さんは小さいころから、お店のお手伝いをなさっていたんですか？

小松　はい。実家もすぐ近くなので、学校から帰って、ここに遊びに来る感じで。よく友だちと、境内《けいだい》でかくれんぼしたり鬼ごっこしたりしました。拝観券を買うところのかたとかも、「いらっしゃい」みたいな。

三浦　毎日お金払ってたら大変ですからね（笑）。ご兄弟はいらっしゃいますか？

小松　兄がいますけど、サラリーマンです。

三浦　お兄さんは、お土産屋さんについてなんとおっしゃっていますか？

小松　「老後にやる」みたいな感じで（笑）。私もまったくちがう職に就いていたのですが、九年ほどまえに父の体調が悪くなったので、会社を辞めて店に入ったんです。

三浦　まえから家業に興味はおありでしたか？

小松　小さいときからけっこう手伝いにきていて、高校生ぐらいから本格的にアルバイトしてはいたんです。ひとと話すのが好きなので、楽しいなとは思ってたんですが、まさか自分の本業になるとは思ってなかったですね。父が亡《な》くなっていなかったら、やっていたかな、どうかな、という感じですね。

三浦　お土産屋さんの仕事をしていて、難しいと思われるのはどういうところですか？

小松　「これ、箱根にもあったわ」とお客さまに言われると、すごく悲しくなって、いろいろ考えていかないと取り残されるんだろうなと思いますね。

三浦　気軽に旅行できる時代ですから、みなさん目が肥えているのかもしれないですね。たとえ同じ商品がよそでも売られていたとしても、「鎌倉」と書いてあるんだったら、それでいいような気もするんですが。

小松　やはり、「ならでは」のものが欲しいと言われるかたもいらして。

三浦　このお店のオリジナル商品もあるんですか？

小松　いまはないですね。外国のかたはけっこうコレクションしているので、以前はピンバッジとか作ったんですけれど。

三浦　商品の発注や仕入れは、どういう仕組みになっているんでしょうか。お土産物を作っている会社があるということですよね？

小松　専門の業者が何軒もあるので、そういうところから仕入れます。オリジナルの場合は、「こういう品を作ってほしい」と発注しますし、向こうが企画してきたもののなかから選ぶこともあります。

三浦　お、「鎌倉」と書いてある布製掛け軸がありますね。

小松　あれはタオル屋さんが作っています。外国のかただけじゃなく、日本人にもまだまだ根強く人気があって。

三浦　土産物文化って、楽しいけど不思議ですよね。重すぎるキーホルダーとか、色のついた液体が揺れるボールペンとか。業者さんに、土産物デザイナーみたいなひとがいらっしゃるんですか。

小松　はい。比較的新しい業者さんは、とにかくキャラクターとコラボしたがるんですよ。ご当地キティちゃんとか、キューピーちゃんとか。でも、古くからの業者さんは、新しい商品の開発にはそれほど熱心ではなく、昔からのものを守っている感じですね。

三浦　では、仕入れさきにはふたつの系統があるということなんですか？

小松　そうです。流行に敏感で新しいもの好きな業者さんと、本当に昔から、それこそ何代もつづいているような業者さんと。

三浦　このお店だと、どちらのお土産物が売れるんですか？

小松　時期によっても全然ちがいますね。「修学旅行生が多いときは、これを目立つところに」とか、工夫して置くようにしていますけれども。

三浦　繁忙期はいつごろなんですか？

小松　春から十一月ぐらいまでは忙しいですね。五月六月は修学旅行がすごくて、小さい子で店内が覆《おお》いつくされます。目がちかちかするくらい（笑）。中学生、高校生も来ます。

三浦　修学旅行生が好きなのは、どんなお土産でしょうか。

小松　クリスタルのなかにレーザー彫刻してあるようなストラップとか、あとは限定キティみたいな、地域限定物が大好きですね。

三浦　お店で見ていて、最近のチビッコたちをどう感じますか？

小松　天真爛漫《らんまん》ですね。本当にかわいくて、元気をもらいます。小学生のカップルが、合わせるとハート型になるキーホルダーを買ったりするんですよ（笑）。

三浦　早いな！（笑）

小松　中学生の男の子に、お母さんへのお土産をなににしたらいいか相談されたり（笑）。子どもって、一個のことをやると一個忘れちゃうので、お金出したのに品物を持っていかなかったり、「修学旅行のしおり」を忘れて帰ったり。靴紐《くつひも》がほどけたまま歩いてコケたり。怪我《けが》したら大変なので、もうお母さんみたいに見てなくちゃいけない。「ちょっと待ってー！」って、声が嗄《か》れちゃいます。
三浦　ははは。年配のかたは、どういうものを買われますか？
小松　ご長寿祈願のお箸《はし》とか、大仏さまの置物とか。あとは食べ物、お菓子を買われますね。
三浦　やはり旅から帰ったら、お土産をご近所に配るんでしょうね。
小松　でも、もちろん景気が悪くなったというのもあると思うんですけれど、お菓子などを買う量が減りました。私が子どものころは、団体のお客さんたちは一人二十箱とか買っていってたんですよ。いまは家族も少なくなったし、近所とのおつきあいも減ったのか、そういう習慣が廃《すた》れてきてますね。うちで三十年勤めてたひとが、「昔は三十箱なんかあたりまえだった」って言ってましたけど、いまは十箱でも多いなと思うので。
三浦　お客さんの数はどうですか。
小松　最近すごく多いんですよね。いろんな雑誌で「鎌倉特集」をしてるじゃないですか。だから、お金を使う使わないは別として、中高年のご夫婦がリュック背負ってお散歩がてらに来られたり。冬の土日なんて昔は静かだったのに、いまは結構にぎわっています。

三浦　お店に並べる商品を選ぶ際に、気をつけていらっしゃることはありますか？　お寺がチェックしたりするんでしょうか。

小松　それはないんですけれど、あまりひどい商品は、こちらで断っています。お土産物に安易に大仏さまを使うのは、いろんなお客さまの意見もあるので。インドのかたとかすごく信仰深かったりして、「こういう商品はいかがなものか」ということも昔はあったみたいです。大仏さまは信仰の対象なので、この場所だとちょっと配慮が必要ですね。お土産物を通して、いい形で大仏さまと親しんでもらえるといいなと思っています。

三浦　今後、「お店をこういうふうにしたい」というようなプランはおありですか。

小松　父がすごく大事にしていたお店なので、私も大切に守っていきたいです。大仏さまは鎌倉の「顔」ですから、日本全国からはもちろん、世界中から観光客が訪れます。お店のなかでいろいろな国の言葉が飛び交い、国際色が豊かなんですよ。そんなたくさんのお客さまと出会い、触れあうことができるのは、まさにお土産屋さんの醍《だい》醐《ご》味《み》だと思います。

　これからも、毎日お店に立たせていただいていることを感謝しながら、当店にお立ち寄りくださったことが、お客さまの楽しい旅の思い出の一部になれたらいいなと思っています。

小松さんにお勧めいただいた、福耳大仏ボールペンを買った。大仏さまの福耳部分を片方ずつ押し下げると、それぞれ赤と黒の芯《しん》が出る二色ボールペンなのだ！　デザイン性が優れているうえに、渋さとかわいらしさの塩梅《あんばい》が絶妙。さっそく愛用している。

お店の従業員用の休憩室には、小松さんのお父さまの写真が飾ってあった。ちゃんとお花とお茶が供えられている。お父さまが愛したお店は、家族や従業員から愛され、大切に守られて、大仏さまのお膝元《ひざもと》でこれからもずっと、静かに観光客を迎えつづけていくのだろう。

大仏さまを拝観し、次に向かったのは「着楽家《きらくや》」だ。長谷駅と大仏さまとの、ちょうど中間ぐらいにある。店内には、エスニック調のアクセサリーや、こまごまとしたストラップや人形、洋服などがびっしり！　昔ながらのお土産屋さんとは雰囲気が異なるが、これまたアドレナリンが出てくるぜ！　店主のコーカン智子さんに、レッツふむふむ！

三浦　いつごろから、ここでお店をやってらっしゃるんですか？

コーカン　二十年ちょっとですね。最初に開いたのは、すぐ近くにある「着まま家」って店です。

三浦　長谷を選ばれたのは、なぜですか？

コーカン　私は品川の出身で、ずっと都内に暮らしていました。ニットや染物の専門学校を出て、ぶらぶらしていたんです。ある日、井の頭線に乗っていたら、「海の見える街に住んでいるよ」みたいな中吊《なかづ》り広告があって。「そうか」と思って、ぷらぷらっとそのまま鎌倉に来たんですね。「とりあえず住むところを」と思って不動産屋さんで物件探したら、すぐ見つかって。翌週ぐらいに引っ越してきたんですが、「お金がないや」と思って（笑）。自分で洋服を作っていたので、それをギャラリーのようなところに置いていただくようになったんです。そうしますと、自分の作りたいものばかりを置くわけにいかない。どうしようかなと思いながらお散歩していたら、テナント募集の貼紙《はりがみ》があって、それでお店をはじめたんです。

三浦　あのー、もしかして向こう見ずなんですか？

コーカン　幼なじみは、「小さいときから自立してたよね」と言ってくれましたが、まあ、なにも考えていないですね（笑）。

三浦　最初はどういうお店だったんですか？
コーカン　アフリカのものばかり売っていたんです。アフリカの染物や麻のバッグ、灰皿みたいな小物を輸入して売ったり、自分で染めたニットを置いたり。
三浦　小さいころから、なにかを手作りするのがお好きだったんですか？
コーカン　それが全然好きじゃなくて、中学の家庭科の授業で課題が出ますよね。作るのが面倒くさくて、買ってきたもののタグを切って提出して。
三浦　そんな抜け道を！　というかバレますよね……。
コーカン　もちろんバレて職員室に呼び出され、先生に「こんなことは初めて！」って泣かれたんですよ。それで、「先生泣かしちゃいけないな」という反省から、服飾系の短大に行って、専門学校にも行きました（笑）。
三浦　改心されたんですね（笑）。アフリカのお店をはじめられたということは、旅がお好きだったんですか？
コーカン　祖父が船医で、たまに会うと外国の話をしてくれました。私がまだ小さいとき、「アフリカの港に行くと、おもしろいことがいっぱいあるんだよ」と言う。「じゃ、いつかそこで待ち合わせをしようね」と約束して、実際に行ったんです。それが初めて。

三浦　じゃあ、おじいさまとアフリカで会われたんですね。

コーカン　それが、船って遅れますよね。私は飛行機で行って、ケニアでぶらぶらしてたんですけど、来ないんですよ、いくら待っても。だからそのままエジプトへ行っちゃいました。

三浦　えっ。いい話だと思って聞いてたのに、会えなかったんですか。

コーカン　ずっと現役で、亡くなるまで船に乗っていましたから、祖父とはそれきりでしたねえ。

三浦　そうでしたか……。このお店は、お土産屋さんと呼んでいいのでしょうか。

コーカン　そうですね。お土産屋でもあるし、いろんな地方のお土産物を作ってもいます。近所だと、八景島《はっけいじま》とか。

三浦　お土産物の製造と卸《おろし》業もやってらっしゃるということですか。

コーカン　そうです。企画もしたり。

三浦　たとえば、どんな品なんですか？

コーカン　下関だとフグマークの商品とか、イチゴ狩り農園にイチゴグッズとか。

三浦　それらを企画し、全国のお土産屋さんから注文を取って、どこかの工場に発注なさる、ということですか？

コーカン　ほとんど海外で作っています。中国とインドとタイの工場。

三浦　へえー。お土産物製造って、いきなりできるものなんですか？　なにかきっかけがあったのでしょうか。

コーカン　まだ二十代前半で、お金なんかあるはずないのに、店を開くのに借金しちゃったわけですよ。商売も知らないし、三カ月ぐらいで、「あ、これはつぶれるな」と思ったんです。それで、自分で染色したものを持って、「売らせてください」とデパートに営業に行った。そうしたら、新宿の小田急百貨店さんがよくしてくださって、いろんなデパートからお仕事をいただけるようになって、七年ぐらいそれで食いつないだんです。アフリカから輸入したものも、アフリカ展や輸入雑貨展みたいなのに出させてもらって。そのうちにいろんな業者さんと知りあって、みなさんが卸もやっていることに気づいたんです。

三浦　店舗を持ちながら卸もやる業者さんは多いんですか。

コーカン　いや、デパートの催事に出しているような業者さんは、店舗を持たずに、輸入して卸をやっています。いろいろ教えていただいて、私も卸をやるようになりました。最初は自分を、洋服屋だと思っていたんです。でも、長谷のこの通りで店をやっていると、お客さんの九割は観光客です。ということは、なにを売っていようと私はお土産屋なんだ、と気がついた。わりと最近なんですけど（笑）。
三浦　お土産屋さんだと気づいて、なにか変化したことはありますか？
コーカン　もっとお土産屋さんで売れる商品を卸さなくちゃいけないなと思って、細かい工夫をするようになりました。
三浦　お土産屋さんのニーズに、より合った商品の開発、ということですね。お土産屋さんと雑貨屋さんとは、どうちがうんでしょうか？
コーカン　お土産物の問屋さんに聞いたことがあって、そうしたら、「お土産屋はものを売るんじゃない、思い出を売るんだ」と。
三浦　すごくいい言葉ですね。
コーカン　「あら、きれい」と思っちゃった（笑）。たしかに基本理念ですよね。私も、「お客さんに楽しんでもらえる売場を作ってみよう」と思って。だからこんなにぐちゃっとしてるんですけど。この店だけで、商品が二十万個あるんです。
三浦　えっ、そんなに！　ふーむ……（と店内を拝見してまわる）、百円の商品が多いですね。
コーカン　修学旅行生や家族旅行のちっちゃい子がたくさん来るので、三百五十円にすると、一個買うのに大変な思いをされる。百円だと子どもさんも楽しんで選べるし、お小遣いで買える。

三浦　たしかにそうですね（お小遣いをもらう年じゃないのに、さっきからずっと、わくわくと店内を物色中）。

コーカン　お友だち同士で入ってくると、はじめはワーワーしゃべっているんだけど、ふと気がつくとシーンとしてるんです。もう、買い物に夢中になっちゃう（笑）。「これならいっぱい買えるね」「かわいい、全部欲しい」とおっしゃってくれる。そうやって、この店で聞いた反応を、「こんな声があった」「大反響」と卸のカタログに反映させます。

三浦　お店に来るお客さまは、女性が多いんですか？

コーカン　六対四ぐらいで、女性のほうがちょっと多いですかね。修学旅行で男の子も来ます。ただ最近は、土日はカップルが多いし、男同士もわりと多いです。この街に来る客層が変わってきている気がします。

三浦　お店は、商品とひとの定点観測場所でもあるんですね。いまも、よく海外に行かれているんですか？

コーカン　はい。もう離婚しましたが、オーストラリア人と結婚して、子どもを生んだんですよね。十年まえまではアフリカとインドばかり行ってたんですが、子どもを

「折笠商店」は、高徳院（長谷の大仏さま）の境内、仁王門の脇にあります。

福耳大仏ボールペンの購入を決意。

渋さとかわいさを兼ね備えた福耳大仏ボールペン。使い勝手もよかったです。

着楽家の店内はご覧のとおり！　宝箱をひっくり返したようなにぎやかさです。

ものすごく真剣に選んでますね……。ほとんどの商品が百円です。

こちらは「着楽家」。なにやら異国情緒が漂っております。

連れていると長時間のフライトはつらいので、行くのが自然と中国とかタイとかインドネシアになりました。それが功を奏してというか、中国のメーカーさんと親しくなれました。

三浦　そうか、中国の工場に発注なさっているんですものね。通訳とかコーディネーターみたいなかたをつけるんですか？

コーカン　いえ、全部行き当たりばったり。中国は中国語しか通じませんよね。最初はタクシーにも乗れなかったんですよ。困ったなと思って、自己流で勉強しました。

三浦　すごいですね、いままでは商談もできるようになったんですか？

コーカン　自分の言いたいことは言えるけど、相手の言うことはわからないです（笑）。

三浦　商談で要求を通すには、かえっていいのかもしれないですね（笑）。今後、お店をどういうふうにしていきたいですか？

コーカン　小売りに関しては、もっとコンビニエンスストア的なお土産屋を目指したいなと思っていて、気楽にいろんなジャンルの品を、百円で並べていきたいなと。

三浦　事業を拡大していこうというお考えはありますか？

コーカン　小売りの店を増やそうとは思ってないんです。事業を拡大するって、行き当たりばったりじゃ通用しないじゃないですか。「ああ、もう疲れたから臨時休業してタイに行こう」とか、できなくなってくる。「定休日は決めないことに決めたんだ」なんて、一人でやってるからこそできるんですよ。

三浦　自由だ……。アルバイトのかたは、いらっしゃらないんですか？

コーカン　女の子に来てもらうときもありますが、基本的には「一人アンテナショップ」です。展示会をやるのは、一人では当然できないので、そうすると急にうちの名刺を持った従業員が五人ぐらいになる。

三浦　増殖。お友だちですか？

コーカン　だいたい、なにかしら経営しているひとたちですね。みんなお互いの会社の名刺を持ってて、忙しい時期には手伝いあってます。

「着楽家」は宝箱をひっくり返したようなお店で、「どれを買おうかな」と目移りしながら吟味するのが、とても楽しい。私は、巨大イチゴのストラップ（モフモフしていてかわいい）とイチゴのペンケースを買った。どちらも百円。これまた、さっそく愛用している（福耳大仏ボールペンも、イチゴのペンケースに収めた）。

コーカンさんは、お店の雰囲気そのままに、「びっくり宝箱」みたいなひとだった。砂漠での冒険（ていうか遭難？）譚《たん》など、楽しいお話しがたくさん飛びでてきて、ついつい長居してしまった。そのあいだにも、男性二人客をはじめ（ほんとだ、なぜか多い！）、さまざまなお客さんが店を訪れる。

二軒のお店にお邪魔して、「お土産屋さんは、観光地の『顔』の役割を果たしているんだなあ」とつくづく思った。もし、お土産屋さんの印象が薄かったり、店員さんの感じが悪かったりしたら、観光地そのもののイメージダウンになってしまうだろう。

ほとんどが一見《いちげん》のお客さんばかりでも、決して気を抜かず、丁寧に誠実に商いをする姿勢を、小松さんとコーカンさんから感じた。

旅の高揚感を掻《か》き立て、「たしかにその場所へ行ったのだ」という記憶の手がかりになるものを売る。お土産屋さんは、とてもロマンティックな職業である。

ふ

「折笠商店」は年中無休です。長谷の大仏さまにお参りの際は、ぜひお立ち寄りください。

「着楽家」は長谷駅から大仏さまへ向かう場合、通りの左手にあります。こちらもぜひ覗《のぞ》いてみてください。

「着楽家」

神奈川県鎌倉市長谷三―八―一四　0467・23・3039

編集者　国田昌子

二〇一〇年三月

国田昌子（くにた・まさこ）
東京都生まれ。
一九六九年徳間書店宣伝部に中途入社。
雑誌「問題小説」、「ＳＦアドベンチャー」編集部を経て、文芸書籍編集部に。
小説やエッセイ、ノンフィクションの書籍編集に携わる。

最後の章を飾る職業は、「編集者」だ。

編集者は私にとって、もっともなりたかった職業であり、もっとも身近な職業でもある。いったいどうしたら、編集者になれるのか。編集者は、はたしてどんな仕事をしているのか。そのあたりを探るため、徳間書店の国田昌子さんに、レッツふむふむ！

あ、国田さんは編集者として、私の担当もしてくださっています（そのコネで強引に取材依頼した）。年齢は……、不詳であります！

三浦　私は国田さんに対して、いつものすごく気安く、「きゃっきゃっ」という感じで話していますが、あるとき鈴木いづみさんのエッセイを読んでいたら、国田さんのお名前が出てきた。そこではじめて、「……ちょっと待て。そういえば昌子、いくつだ？」と疑問にぶち当たりました。

国田　重松清《しげまつきよし》さんからは、「寺山修司のエッセイに国田って出てきたけど、まさか……」と確認されました。たしかに、鈴木さんにも寺山さんにもお原稿をいただいたことはあります。京極夏彦《なつひこ》さんには、「『源氏物語』を編集したのは国田だ。日本最初の長編小説作家とその担当編集者は、ともに女性だった」とジョークにされたりして。あはは（ほがらかに笑いつつ、ついに年齢は口にしない国田さんなのだった）。

三浦　（年齢追及は断念し、話題を変える）最初から、編集者志望で出版社に入られたんですか？

国田　いえいえ、最初は宣伝部で、それも中途入社で八月ぐらいに入ったかな。そのころは新聞広告の版下も自分で作っていたんです。

三浦　中途入社ということは、そのまえにどこかお勤めになっていたんですか？

国田　いや、要するに就職試験を受けなかったということです。ちょうど全共闘とか、そういう時代ですから、「なんで就職試験なんか受けるんだよ」みたいな感じで。

三浦　じゃあ、八月までどうやって暮らしてたんですか？　ぶらぶら？

国田　ふらふら（笑）。まず人形劇団に入って、九州で毎日のようにドサまわりをしてました。そのあと、ちょっと工場でも働きました。「労働の実態を知らねば」とか言って。

三浦　行動も選択の動機も、逐一おかしい……。

国田　観念が肥大化しているころだったから（笑）。

三浦　どうして人形劇だったんですか？

国田　旅芸人の生活に憧《あこが》れていて、「人形劇だったら、子ども相手に町から町へ移動できていいな」と思って。でも、入った劇団は、鹿児島市に本拠地を置いて、数カ月定住するんです。鹿児島新報などの地方新聞社をスポンサーにつけて、県内各地の小学校をまわるんですよ。そうすると、二グループにわかれて、一日二カ所公演の日もあり、けっこう日銭が入る。五百人ぐらいの学校だと、生徒一人につき五十円取るわけですから。そこで、ちょっと疑問が湧《わ》いてきて……。

三浦　イメージしていた旅芸人より、経済的なというか、経営っぽい感じで、これはちがうな、と？

国田　はい、定住しているし。しかも、いっぱい生徒がいる学校だと全部のプログラムをやるのに、生徒数が一桁《けた》の学校、たとえば開聞岳《かいもんだけ》の麓《ふもと》のほうへ車で何時間もかけて行くと、五つあるプログラムのうち三つぐらい省くんですよ。帰りの時間もあるから、というのはわかるんだけれども、私も若かったし、納得できなくて。

三浦　分校の子たちには全部見せないというのは、おかしいですよね。

国田　ちょうどそのころ、東京の激しいデモが連日報道されていました。その現場にいたいと思い、衝動的に劇団は辞めました。

三浦　当時は、わりとそういう考えのひとが多かったんですか？　つまり、ちょっとヒッピーというか、「資本に飲みこまれてたまるか」的なひとが。

国田　どうなんでしょうね。就職試験を受けたかたもいっぱいいらっしゃると思うんですが、私はなにか釈然としなかったというか、就職活動をするという発想がなかったです。

三浦　まわりのお友だちもですか？

国田　きちんと就職するような友だちは、まわりにいなかったんです。

三浦　ちゃんと就職しようとしない国田さんを、親御さんはどう見ていらしたんですか。

国田　学生時代は一人暮らしでしたから、わりと勝手にしていて。

三浦　じゃ、そんなにうるさく言ってくる感じでもなく。

国田　きっと言ってたんでしょうけれども、聞かずというか。

三浦　人形劇団のあと、工場ではどんなお仕事をなさっていたんですか？

国田　小さな抵抗体を作るんですけど、経営者の考えのほうが進んでいた工場で、

「ベルトコンベアはひとを機械にしてしまうから」とターンテーブルにして、「一人一人が創意工夫を持てるようにする」と。経営者側が、働く喜びをもった労働ということを考えて取り組んでいるところでした。

三浦 住みこみですか。

国田 通っていたんですけど、私、寝坊だから朝早いのがつらくて、どうしても起きられなくて。それに、頭でっかちで考えていた労働と実際の現場がおおちがいで、茫《ぼう》然《ぜん》自失。当然ですよね。へたってすぐにやめちゃって。ぷらぷらしてるわけにもいかないんで採用広告を見たら、徳間書店が募集していた。筆記試験と実技と面接があって、そのつど交通費くれるんですよ。「あら、すごくいい会社だ」と。

三浦 資本に丸めこまれてますよー(笑)。実技はどんな試験だったんですか?

国田 雑誌「問題小説」の広告レイアウトでした。

三浦 大学でそういう勉強をしてらしたんですか。

国田 いえ、文学部の文化学科でしたから、まったくの素人《しろうと》です。

三浦 宣伝部には何年いらしたんですか。

国田 三年ぐらいですね。

三浦 「編集部に移りたまえ」と言われた理由は、なんだったと思われますか? 異動願いを出していたんですか？

国田　「編集がやりたいから」という希望を出しての異動ではなかったんです。私のころはまだ情報があまりなくて、編集者に憧れはありましたが、仕事の内容自体をそんなに知らないまま入社しましたし。

三浦　出版社の採用試験を受けようと思われたということは、やっぱり本はお好きだったんですよね？

国田　読みはじめたら朝までのくちでした。

編集部への異動のきっかけとなったのは、徳間書店で初のストライキ闘争でしたね。創業者が徳間康快《やすよし》という豪快なワンマン社長で、ちょうど徳間書店の業績が拡大した時期と重なり、社内矛盾と組合の要求がぶつかった年です。それで、ストライキ決行寸前、社長はワンマンですから、「みんながそんなに不満なら、こんな会社、解散してやる！　不満なものはみんな辞めろー！」みたいな感じで（笑）。実際に辞めたかたもいっぱいいましたし、そのときかなりの数の社員が異動になりました。私もその一人です。

三浦　経営者側のいやがらせ的異動ということですか？

国田　というか、「そんな不満があるんだったら、編集やってみろや」みたいなところだったかと思います。

三浦　そのころ、女性の編集者はいらっしゃいましたか。

国田　かなり年上のかたが一人だけいらっしゃいましたが、ほかには編集部に女性はいなかったです。徳間書店って、わりと男っぽい会社ですから。

三浦　その後、会社を辞めようと思われたことはないですか？

国田　異動になるまえは、少しバンドとかやっていたので、「そっちのほうをやろうか」とか、まだ若気の行ったり来たりで（笑）思ってました。

三浦　「旅芸人として、いよいよ全国を巡業するときが来た」と。

国田　「年末にボーナスもらったら辞めようかな」と思ってたのに、十月ぐらいに編集部に異動になった。それで、「異動させられて、すぐに辞めるのも癪《しゃく》だし」と、しばらくやっていたら、仕事がおもしろくなってきて。当時はＦＡＸもないし、編集者が原稿取りにうかがっていましたから、会いたいひとに会えるじゃないですか。

三浦　はい。

国田　「問題小説」の若造として、まずは映画コラムの担当になって。ちばてつやさんの原稿を取りにいって、サインいただきました（むちゃくちゃうれしそう）。

三浦　そ、そんなミーハー的行動を！　うらやましい……！

国田　ちゃんと『あしたのジョー』の絵が描いてある色紙です（自慢げ）。

異動の前後に、国田さんは映画主演もはたしているのだが、それについてうかがうと、「いいんです、それはいいんです」と真っ赤になって証言拒否。どうやら、電車のなかで監督に声をかけられたらしいのだが……。気になるかたは、手塚正己《てづかまさみ》監督の『M子』（一九七五年）を探してみてください。

三浦　異動後は、ずっと編集畑ですか？

国田　そうですね。「問題小説」に配属されたあと、単行本の部署に移って、次に「SFアドベンチャー」というSF雑誌に創刊から携わりました。四、五年して、また単行本に移って、という遍歴です。いまは、雑誌も単行本も文庫も全部やる体制になってます。

三浦　出版社によって、そのあたりの仕組みはちがいますよね。雑誌、単行本、文庫、それぞれべつの編集さんがつく会社と、一人の編集さんが、担当作家の出版物をすべて手がける会社と。国田さん、このあいだ仕事が重なってへろへろになってましたね。

国田　一カ月に文庫三冊と、上下分冊の千ページの単行本に、もう一冊の単行本が重

なったので、ちょっと首を痛めました。でも、明けない夜はないんですね……！（晴れやか）

三浦　国田さんはＳＦの伝説的編集者でもありますが、ＳＦはもともとお好きだったんですか？

国田　おもしろいなあと思って、読んではいたけれど、詳しいというほどでもないです。バラードからハインラインから全部追っている、みたいなことでもなく。ただ当時は、「新しくておもしろいものは、なんでもＳＦだ」という感じがあって、「ストアーズレポート」（流通業界の専門誌）の編集長でいらしたころの椎名《しいな》誠さんや、中央公論社「海」の編集者時代の村松友視《ともみ》さんに、原稿をお願いしたりしました。「ＳＦアドベンチャー」では、いろんなことができておもしろかったですよ。

三浦　鈴木いづみさんとは、どういうふうに知りあわれたんですか？

国田　鈴木さんの場合、「この作品を編集者としてご一緒した」という記憶はないんです。ＳＦ関係のパーティーによくお見えになっていて、私が鈴木さんの作品を好きだったのもあって、よくお話しするようになりました。私は山下洋輔《ようすけ》さんの担当なんですが、鈴木いづみさんのパートナーだったサックス奏者の阿部薫《あべかおる》さんの追悼パーティーに、山下さんも当然いらしてて、三次会が終わって三時をまわっても、鈴木さんと山下さんで盛りあがっていて。「では、うちに来ますか」って、私の実家にお二人をお泊めしたことがあります。翌日、私は朝から会議だったので、母に「ご飯をお出しして」って頼んでおいたんだけど、鈴木さんと山下さんは召しあがらずに帰っちゃったみたいです。

三浦　たしかにお二人とも、朝ご飯を食べる姿というのが、あまり想像つかないですね（笑）。「ＳＦアドベンチャー」のあと、単行本の部署に移られてからは、どんなお仕事をなさいましたか？

国田　八十年代初頭、日本の冒険小説の黎明期《れいめいき》のころで、おもしろかったですね。個人的にも、ハドリー・チェイスとかギャビン・ライアルとか、とても好きだったので。船戸与一さん、志水辰夫《たつお》さん、北方謙三《けんぞう》さん、西木正明さんなどの担当をしていました。これも幸せなめぐりあわせでしたね。

三浦　小説のみならず、ノンフィクションの担当もなさっていますよね。

国田　徳間書店のいいところは、間口がゆるやかなんです。「この企画は絶対やりたい！」と言ったら、通してもらえたんですよ。広河隆一《ひろかわりゅういち》さんの写真集『パレスチナ瓦礫《がれき》の中のこどもたち』を作らせてもらいました。その後、この本を見た母の希望で、イスラエルやヨルダンに一緒に行きました。長倉洋海《ひろみ》さんの本を作ったおかげで、ブラジルのインディオ、アユトン・クレナックの来日も実現しましたし。

三浦　反対に、あまり好きではない作家の担当をしなければいけないときは、大変な苦労と苦痛があるんじゃないですか？

国田　自分が担当しているなかで、「このひととは無理」というかたはいないですね。万が一、そういうかたがいた場合、担当にはならずに遠くから見るだけで、なるべく触れないようにします（笑）。

三浦　「君子危うきに近寄らず」戦法。

国田　私は編集部に異動した経緯も変わってるし、まだ女性編集者が珍しいころだったしで、「すごくえらい大家の先生の担当になる」なんてことはなかったんですよ。上の人間も、「こんなひらひらした変な恰好《かっこう》の子に大家を任せたら、どうなるかわからない」と思ってたでしょうし。なので、自分で興味のあるひとを担当することができました。会社にハーレムパンツ穿《は》いていったり、いま思うととんでもない会社員でした。上司が黙認してくれていたのも、徳間書店ならではのおおらかさでした。

三浦　女性編集者が少ない時代ゆえのやりにくさも、あったんじゃないですか？

国田　やっぱり若いころって、当時は特にですが、初対面のとき女としてはかられるようなところがあるじゃないですか。そういう見方をしないかたも、なかにはいらっしゃるけれど。そこは、やはり気をつけます。女性の場合は、いまでもあるとは思いますよ。

三浦　はい、わかる気がします。……どういう編集者が、いい編集者だと思いますか？

国田　うーん、難しいですね……。「時代になにを突き刺していけるのか」みたいなことを、きちんと提案できるような編集者であったらよかったなと思いますね。私はそういうふうにできなかったんですけれど。

三浦　なぜ、「できなかった」と思われるんですか？

国田　たいそうなことはできなかったし……。日々の作業に追われて年だけ経て、最古参になった感じです。

三浦　わりと書き手に提案するというか、プロデューサー寄りのほうが、いい、できる編集者ということですか？

国田　編集者は、作家のなかの可能性を引っ張りだすための、受け手ですよね。そのかたの持っていらっしゃるものを、どう顕在化するか、あるいはどう深化し、方向づけるか。それができればいいなと思います。

三浦　後輩のかたに、どういうふうに編集者の仕事を教えていらっしゃいますか？

国田 雑誌は組織で運営していくものなので、取材で先輩にくっついていって、見ながら学んでゆく部分がありますけれど、単行本の編集者は個人プレーというか、個人商店の部分が大きい気がしますね。だから、あまりうまく教えられないかもしれないです。ひとによって、やりかたがまったくちがうでしょうから。

三浦 たしかに、単行本の編集者の場合は、会社の先輩後輩であっても、なかなか共通体験を持てないでしょうね。仕事のやりかたがそれぞれちがうし、作家との相性や関係性によっても、個別にやりかたを工夫していかなきゃいけないし。

国田 そうですね。編集者の仕事って、細かく教えられるものでもないし。私も最初は、べつに編集者じゃなかったと思うんだけど、やっていくうちに、だんだん「編集者になってくる」んですよね。

たとえば、さっきもお名前があがった広河さんは、八二年のベイルートの虐殺《ぎゃくさつ》の現場で、「これを世界中のひとに知らせてくれ、それがあなたたちジャーナリストの役割だ」みたいなことを言われるわけです。そういう突き刺さる言葉と、それを伝えていこうという意志。そこにかかわれるということは、編集者として、やっぱり幸せだったなと思います。

編集者の仕事は、雑誌や本を作る作業にとどまらず、実に多岐にわたる。たとえば、小説が映画化される際などには、作家の窓口として対外交渉をすることもある。

書き手ごとに、編集者に求める能力や特性はちがってくるだろう。私自身が編集者に一番に求めているものはなにかな、と考えてみると、「読解力」だ。それは、作品に対する読解力という意味だけではない。ひとの感情に対する読解力が高い編集者とは、仕事が非常にやりやすいのだ。

国田さんはとても明るく、しかし感情の機微に敏感で、繊細に思考をめぐらせるひとである。お話ししていると、なんだかすごくなごむし、そういう国田さんに「待ってますよ」と励まされると、「ようし、いっちょがんばって原稿書くか」という気持ちになる。

三浦　では、いい書き手とは、どういう書き手だと思いますか？　って言いながら、実は私、答えを知っている気がします。国田さんがいつもあまりにも穏やかなので、「どういうときに怒るんですか？」と以前聞いてみたら、「作家さんが締め切り……破る……とき……（怒）」というようなお答えだった。

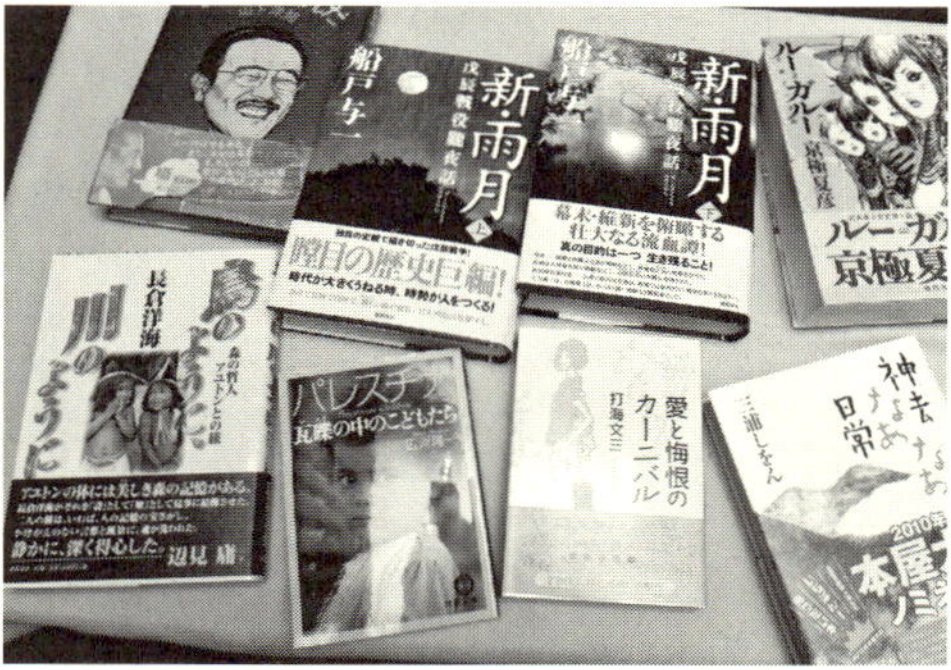

国田さんが手がけられた本の、ほんの一部（オヤジギャグ？）。拙者の本まで持ってきていただき、恐縮です。

ロケ地：スペインの街角。嘘です、東京の芝大門です。私が履いているのは、「shop nakamura」の革製のビーチサンダルです。

「それで？　原稿はできたのかしら？」
「すみません……」
※ セリフはフィクションです。

国田　そうですね、締め切りは前提ですよね（←笑顔でプレッシャー）。でも、待った甲斐《かい》があるだけの、いいお原稿をいただくと、それまでの苦労がパッと消えていく。これはよく言われることですが、実際そうなんですよ。

三浦　じゃあ、締め切り破ったうえに、待った甲斐のない内容だったら、最悪……（もごもご）。ほかには、なにかありますか。

国田　あとはやっぱり、「いい作品とはなにか」ってことになってきますよね。プロの作家なら、ある程度こなしていくと水準以上のものは書けると思いますけど、そのひとが常にきちんと世界と自分に向きあっているんだなとじわじわと伝わってくるものが、いい作品だと感じます。生みだす苦しみはすごいと思いますが、そういう作品を手がけられるのは編集者冥利《みょうり》につきます。

三浦　編集者の仕事で一番うれしいのは、どんなときですか。

国田　やっぱり本ができたときですよね。それと、重版。

三浦　私も、好きな言葉は「重版」です。うふふ。

国田　うふふ。あと、新聞や雑誌に紹介されるのも、うれしいものです。二月に出た船戸与一さんの『新・雨月　戊辰戦役朧夜話《ぼしんせんえきおぼろやわ》』は、日経から赤旗まで含めて、朝日、毎日、読売、東京、各地方紙に書評や著者インタビューが出たんですよ。

三浦　へえー！

国田　重版もしたし、とてもうれしかったです。

三浦　国田さんは作家に同行して、楽しそうにいろんな取材をなさってますよね。聞くところによると、自衛隊のヘリコプターから降下したとか。

国田　雪の白山《はくさん》山頂に、ホバリングしているヘリから五十メートルくらい降下しました。

三浦　高所恐怖症とか、ないんですか？

国田　どちらかというと、高いところは好きです。スピードもわりと平気ですし。

三浦　幽霊は？

国田　幽霊もべつに……。ただやはり、夜、一人で山のなかを歩けと言われたら、いやですけれどね。

三浦　それはだれだっていやですよ（笑）。

国田　あ、でも、閉所恐怖症はあるんですよ。「地下三階の奥まった席」とかは、なるべく避けたい。新宿あたりの飲み屋さんで、本当に小さなエレベーターがあるじゃないですか。あれも、上りは八階とかだからしょうがないけれど、下りは絶対階段を使いますね。

三浦　やっと弱点を見つけた（笑）。国田さんはいつも明るく穏やかで、感情の負の波を見せませんよね。それは律しているんですか？

国田　いえ、根が単純というか、楽天的なんですよ。あほなんです。あほのO型って言われている。（ちょっとだけ考える国田さん）……そういえば、喜怒哀楽があまりないかもしれませんね。

三浦　いやいやいや、それは自己認識がまちがっている。常に「喜」と「楽」がすごい前面に出てます。

国田　あら、そうですか？　ものをつくるひとって、物事を突きつめて考えるところがあると思うんですけど、私なんかは、あまりそういうふうに行かないところが限界でして。でもそのほうが、編集者をやるうえではいいかもしれません（やっぱりポジティブシンキング）。

三浦　くよくよしすぎちゃうと、よくないですか。

国田　そうですね。なかなか原稿が入らなくて、予定どおりに進行しないときもありますから（↑ほがらかに、しかしぬかりなくプレッシャー）。

どうだろう、国田さんの愉快なお人柄が、少しでも伝わるといいのだが。

改めて、「私には編集者は無理だ」と思い知った。気配りといい、積極果敢な取材ぶりといい、本に対する熱意といい、すべてにおいて、なにか（常識とか理性とか）を凌駕《りょうが》している人々。それが編集者だからだ。なれないけれど、やっぱり憧れの職業である。

ふ

「徳間書店」のＨＰです。お世話になってます、押忍《おす》！
http://www.tokuma.jp/

ふむふむしたら　あとがきにかえて

ふむふむしたい、ふむふむするとき、ふむふむしたら。ふむふむ三段活用。

さて、ふむふむしてきましたが、いかがだったでしょうか。

単行本化の作業をしながら改めて思ったのは、みなさんとても魅力的なかただなあということと、ひとの話を聞くのはなんておもしろいんだろうということだ。急に取材したいと申し入れたにもかかわらず、とても丁寧かつ誠実にご自身について語ってくださったみなさまに、心より御礼申しあげます。何度も原稿確認の労をおかけし、申し訳ありませんでした。

「ふむふむ」取材班の楠瀬さん、坪田さん、田中さん、そして速記のかたにも、感謝しております。中扉の活版文字と本文中のふは、四章にご登場の大石薫さん（朗文堂アダナ・プレス倶楽部《クラブ》）に組んでいただきました。楽しい案を何通りも考えていただき、感謝感激です。お忙しいところ装画をお引き受けくださったえすとえむさん、どうもありがとうございます。実は、「ふむふむ」の連載でインタビューの楽しさを知った私は、べつの企画でえすとえむさんにお話しをうかがったことがあるのです。本書にお名前が載っている女性陣には、すべてインタビュー済みということになります。

十六人のかたにお話しをうかがう際、難しかったのは、「どこまで踏みこむべきなのか」だ。鶴澤寛也さん、国田昌子さん以外は、初対面のかたばかりだ。いきなり不躾《ぶしつけ》な質問はできないし……、と取材の一週間ぐらいまえから不安で、あれこれ考えた。でも結局、いらぬ不安だったと言えるだろう。物語を宿していないひとはいない。みなさん、わりあいに率直で、初対面の人間相手にもある程度心を開いてくださる度量と成熟度を持っていらしたおかげで、私はただひたすら、語られる話に身を委《ゆだ》ねていればよかった。十六人のかたが、心を開く勇気と語る言葉を持っているのは、やはり仕事に対する情熱と誇りがあるからではないか、と感じられた。

仕事について尋ねたから、常日頃感じたり考えたりしておられることが言葉となってあふれたのであり、その言葉を通し、個人としての魅力も明確に浮かびあがってきたのだろう。だれかのことを短時間で最大限に知りたいと願うとき、仕事について質問するのは、有効な方法のひとつかもしれない。

自身や周囲のひとととどう向きあっているのかが、仕事には如実《にょじつ》に表れるからだ。人間相手ではない仕事って、究極的にはないような気がする。たとえば昆虫学者は、昆虫だけではなく、昆虫を取り巻く（人間も含めた）環境も考慮のうちに入れるだろうし、なによりもまず、昆虫の観察・研究をする自分自身（人間）を御《ぎょ》さなければならないだろう。いや、昆虫を相手にするだけだったとしても、生き物だし、十二分に大変だが。

仕事であるからには、需要があり、金銭の授受が生じる。カブトムシにお代をもらうことはできない。その点からしても、「すべての仕事は、人間を相手に為《な》される」のは明らかだ。とはいえ、お代云々《うんぬん》を超えて情熱的に仕事に取り組むひとも、とても多い。本書に登場していただいたかたは、みなさんそうだった。

仕事に打ちこむ理由の根底には、「自分という存在を証したい」「だれかとつながりたい」といった思いがあるのではないか。その思いの表れかたや実現の方法はさまざまだから、「こうすれば効率がいいですよ」と画一的に提示できるものではない。

そう考えると、あらゆる職業が内包する「個別性」と「他者への説明・伝達の困難」は、人間が抱える個別性と困難そのものなのだなと思えてくる。

仕事の話を聞くおもしろさは、そこにある。そのひとだけの物語を、聞くことにつながるから。

十六人のかたのお話しをうかがいながら、いつも自分の仕事について反省したり勇気づけられたりした。「ここまでの熱意をもって仕事に取り組めているだろうか」とか、「やはりだれしも、悩んだり迷ったりしながら仕事をしているんだな」とか。私はこれまで、職業にまつわる小説をいくつか書いてきた。これからもたぶん書くだろう。「なぜ、職業を主な題材にした小説を書くんですか」と何度か質問されたことがあり、ほんとになんでなんだろうと自分でも不思議だった。職業に対する、この異様な興味はなんなのか、と。

仕事についてのインタビューをするうち、答えの一端が見えてきた気がする。おおよそ、右に記したようなことだ。現実の人物と架空の人物というちがいを問わず、今後もそのひとだけが宿す物語に耳を傾けていきたいと思っているし、個人と社会が絶妙に織りあわさった「仕事」という事象を通じ、ひととひととがつながりあうさまを見たいと念じている。

小説の取材をするときは、私の場合、対象となる人物や事柄からある程度距離を置き、物陰からひそかに覗《のぞ》くように観察していることが多い。いざ書く段階になっても、なんやかんや理由や理屈をつけては締め切りを引きのばし、取材した事実が小説の形になじむのを待つ。熟成や発酵を期しているのだと言えば恰好《かっこう》もつくが、「待ち」がいつのまにやら「怠惰」に変わり、「せっかくの酒が酢に！」「納豆のはずが単なる腐った大豆に！」といったことも起こるので注意が必要だ。

本書のように、人物へのインタビュー自体を主眼にしたのははじめてで、いきなりお会いしてお話しをうかがうのも、あまり間を置かず原稿にまとめるのも、瞬発力を要する体験だった。著しく瞬発力に欠けるので（松本萌波さんには恥ずかしくて言えなかったが、私は「思いきり挑んだつもりだったのに垂直跳び二十センチ」という驚異の記録を叩《たた》きだしたことがある）、なかなか骨が折れることも多かったけれど、とても楽しく実り多き体験でもあった。

本書をお読みいただいたかたに、楽しさが少しでも伝わりますように。

どうもありがとうございました。

二〇一一年五月

三浦しをん

ふむふむはつづく　文庫版あとがき

単行本が出てから、約四年。このたびめでたく、『ふむふむ』が文庫化のはこびとなった。そこで、本書にご登場いただいた十六人のかたに近況をおうかがいしたところ、丁寧な返信があった。

文庫版あとがきでは、十六人の「いま」をご紹介しよう。レッツ、ふむふむ！

中村民さんは、五歳の娘さんのツルツル肌に触発され（？）、メイクをするようになったとのこと。しかし、「家はあいかわらずおしゃれじゃない」そうで、自堕落な私としては、ちょっと安心です。いや、中村さんと私とでは、「おしゃれ」の基準が段違いだと重々承知してござるが。

中村さんは、「老眼鏡がないとミシンがかけづらくなりました」ともおっしゃっており、「私もです！」とお手紙を読んで挙手しました。ミシンは家庭科の授業以来かけたことないが、最近めっきり文字が読みづらくなりましてねえ。しょぼしょぼ。この文庫のゲラ（校正刷り）を確認しているときも、写真のキャプションが判読できなくて困りました。しょぼしょぼしょぼ。

shop nakamuraで作っていただいたビーチサンダルは、もう十年ぐらい履きまくっています。歩きやすいし、周囲からも好評だし、大のお気に入りです。さすがに底がすり減ってきたので、今度新しいものを注文しにいきます！

真野由利香さんは、チューハイやリキュールなどの商品開発部署へ異動されました。「果汁をはじめとするさまざまな香味料を、自分の舌を頼りに調合する世界は、さまざまな原料に出会え、味の創造の多様性を広げてくれています」とのこと。また、二人のお子さんのお母さまにもなったそうです。二十年ほど経《た》てば、真野さんの作ったお酒で、家族で乾杯できますね！　いいなあ。

私は取材を機に、「ザ・プレミアム・モルツ」のおいしさに改めて目覚め、外食の際、お店に置いてあったら、必ずこれを頼みます。仕事が一段落したときは、自宅に買い置きしてある「ザ・プレミアム・モルツ」で乾杯。ま、「乾杯しても一人」（自由律俳句風）なんですがね。

清水繭子さんは再婚されて、現在は藤井繭子さんというお名前でご活躍中です。娘さんがお生まれになり、八ヶ岳南麓《なんろく》に拠点を移されています。「鎌倉よりも静かで、自然の美しさはもちろんですが、厳しさもより身近に感じられる場所です。たとえば、寒冷地の冬の厳しさを知ることで、巡る季節のよろこびや感謝の想いがこみあげてきます」とのこと。

現在は育児中なので、仕事時間は以前より短くなっているそうですが、「改めて、染めること、織ることがわたしの人生に必要なのだと実感しています。これからも続けていきたいと思います」と、お手紙には綴《つづ》られていました。私も、いつか藤井さんが染めて織った着物を着たい、その着物が似合うような人間になりたい、と野望を抱いています。

では、藤井さんの野望はというと、「今年に予定している娘の七五三の着物を、なんとか頑張って制作したいと思っています！（間に合うか……）」だそうで、うおお、それは大切な任務だ！　まにあいますよう、念を送ります。びびび。……かえって集中の妨げになるかしら。

そうだ、「紫苑《しおん》」で染めてみた結果も、ご報告いただきました。「やや青みのある淡い黄色に染まることが多いです。ただその時々によって、染液には色がでているのに、糸にうまく染まらない（色が定着しない）こともあり、草木で染めることとの奥深さを感じます」。ううむ、我と同じ名を持つ「紫苑」たちよ。藤井さんの言うことをよく聞いて、おとなしく糸に定着しなさい。びびびび（↑「紫苑」に念力送信中）。

大石薫さんによると、アダナ・プレス倶楽部《クラブ》の会員はどんどん増え、個人で活版印刷を実践する世界は活況を呈しているとのこと。大石さんは、活版印刷に関する展示やゼミナールを各地で行っておられます。二〇一五年は、新潟県にある「北方文化博物館」でイベント開催予定とのことなので、ぜひチェックしてみてください。

アダナちゃんの後継機、サラマちゃんは、「『火』の精霊としてあがめられ、『不屈の精神』や『再生』の象徴である『サラマンダー』」から命名したそうです。「メキシコサラマンダー」の異名を持つ、アホロートル（通称ウーパールーパー）が、サラマちゃんのイメージ・キャラクターです。とってもかわいいキャラクターなので、こちらもぜひ、HPなどで見てみてくださいね！「摩滅した活字は釜《かま》で溶かされ、再び活字として再生使用できることから、活字は永遠のリサイクルが可能な道具です」と、大石さん。火から生まれ、人々の思いを伝え、また火のなかに還《かえ》っていく。サラマンダーの名にふさわしい、活版印刷機サラマちゃんです。

鶴澤寛也さんは、二〇一四年の『第十一回はなやぐらの会』で、新作『源氏物語六条院春の道行』を上演されました。詞章を橋本治さんが書き、作曲は寛也さんご自身がなさったとのこと。すごい！　聞きにいけなかったのが無念でなりません。二〇一五年十月にも、橋本治さん作で、『源氏物語』の「玉鬘《たまかずら》」を題材にした新曲を上演予定だそうで、もう絶対行く！　みなさまもぜひ、劇場へ足をお運びください。

「あいかわらず『芸道精進&普及活動』などとかっこいいことを言っていますが、実際はあれもこれも散漫な感じで、落ち着きのない生活を送っています」と寛也さんはおっしゃいますが、いやいや、明るく活動的であってこそ寛也さんです。今後の舞台も、楽しみにしております。

萩原優子さんも、レギュラーで手伝っている先生がたに加え、あちこちから引っぱりだこなご様子で、忙しく過ごしておられるようです。最近では、漫画を描く作業にパソコンを導入する先生もいるそうで、萩原さんも、「いままで趣味の範囲でやっていたデジタル漫画制作作業を、プロの原稿に対応できるよう努力している最中です」とのこと。手作業でも超絶技巧の持ち主なのに、さらにデジタルの技術も磨くとは……！　引っぱりだこになるのもうなずける、スーパーアシスタントさんです。しかし連絡先は、やはり秘密です。これ以上依頼があったら、過労状態だもんな、と思いつつ、「萩原さん、拙宅にも来てくれないだろうか。そして風景描写を……」と願うのでした。萩原さんならきっと、小説のアシスタント作業にも対応してくれるはず(!?)。

田中真紀代さんは、二〇一二年から二年間、ドイツに留学なさいました。二〇一三年には、ベルギーのフラワーアレンジメントのイベントで、テーブルデコレーション部門二位を受賞しています。また、海外のお花の雑誌に作品が掲載されてもいて、ご活躍中です。現在は六本木のお花屋さんに勤務しつつ、フリーでの活動も再開し、「時間はかかるかもしれませんが、夢のアトリエを手に入れるために、こつこつと準備しているところです」とのこと。

田中さんが留学されるまえ、プレゼント用のアレンジメントを何度かお願いしました。どれも素晴らしい作品で、差しあげたかたたちにとても喜んでもらえました。アトリエ完成の暁には、ぜひ顧客にしてください！

本文中に登場する、「謎《なぞ》の突起があるナイフ」ですが、田中さんからのお手紙で正体が判明しました。「芽《め》接《つ》ぎナイフといって、園芸にも使えるナイフでした。バラや果樹などを接ぎ木する際に、枝梢《ししょう》の中央部にある芽を、わずかな木質部を含めて切り取り、切り開いた台木へはめ、結束するそうです」とのこと。ほえ〜、むちゃくちゃピンポイントな使いかたをする道具があるものなんですね。

オカマイさんは、ますますジャマイカに夢中で、「ジャマイカ関連の日本のテレビのコーディネーター」「二〇一四年、日本とジャマイカ国交五十周年を記念した『ジャパンジャマイカフェスティバル』発起人として、お台場でレゲエフェス開催」「ジャマイカにやってくる日本人アーティストの楽曲、スタジオコーディネート」「ジャマイカ人の日本ツアー」などなど、ジャマイカづくしの日々を送っておられます。

そしてなんと、社長にもなっていた！「ジャマイカでいいお土産がないので、缶入りクッキーと缶入りティーバッグの会社をはじめた」のです。「ジャマイカの空港で派手に売れてます」とのことで、俺の憧《あこが》れでもある、お土産屋さんにもなっている……。いやあ、あいかわらずパワフルです、オカマイさん！　ジャマイカを楽しみたいかた、ジャマイカについて知りたいかたは、オカマイさんに相談するのがいいと思う！

髙橋誠子さんは、ご出産を機に退職されました。嘱託職員だったので、産休制度には該当しないためだそうで、ペンギンたちも悲嘆に暮れたことでしょう。いまは二人のお子さんに恵まれ、天気のいい日には夢見ヶ崎動物公園へ散歩に行っているそうです。ちなみに上のお子さんの夢は、「動物のお医者さん」とのこと。おお、さすが髙橋さんの子だ！　髙橋さんご自身も、「子どもが手を離れ、またチャンスがあれば、再びペンギンのそばで仕事ができたら幸せだと思ってます」とおっしゃっています。ペンギンたちよ、涙をお拭《ふ》きなさい。髙橋さん親子が動物園で働く日も、そう遠くはなさそうです！

中谷友紀さんは二〇一三年から、セバ・ジャパン株式会社に勤務しておられます。フランスに本社があるためか、セバ・ジャパンも、勤務時間が九時から十七時まで、熱を出した子どものために、有休を取ったり早退したりするのは、女性だけでなく男性もあたりまえ、という職場環境。中谷さんもお子さんがいらっしゃるので、とても働きやすいそうです。こういう企業が、もっと増えるといいですよね。

セバ・ジャパンは、「家畜用遺伝子組換えワクチンの実験研究が主体の会社」だそうです。豚や鶏といった食肉用の動物も、人間と同じく風邪や下痢などの感染症にかかります。集団で飼われているため、あっというまに数百数千の動物がケージ内で死んでしまう、ということも起こる。農場を営むかたにとっても大打撃だし、豚や鶏も浮かばれない。

そこで、家畜用のワクチンが必要なのだそうです。もちろん、「このワクチンを接種した動物を、人間が食べても安全です」とデータで示す必要がある。中谷さんは、そういうデータや資料を取りそろえて、日本でのワクチン販売を認可してもらう業務をなさっています。畜産業界について日々詳しくなっておられるようで、「子豚には自分専用のおっぱいがある」「自動で卵を割る機械の名前は、『ワルサー３０００』（ルパン？）」という情報をいただきました。卵を割るからワルサー。オヤジギャグ命名法は、けっこう世にあふれているなあ……。

澤山みをさんは、次男を出産され、男の子二人のお母さんになりました。小学五年生になる長男は、「ガンダムのプラモデル」と『妖怪ウォッチ』に夢中とのことで、英才教育の効果は持続中の様子。「次男（二歳）も一緒にヒーロー物を見るかなと思ったのですが、電車と体を動かすことが好きで、あまりつきあってくれません」と、お手紙には書いてありました。二歳だと、ヒーロー物を楽しむにはちょっと早いのでは、という気がするが……。「電車と体を動かすことが好き」って、一般的には「よしよし、元気な男の子だ」となると思うのですが、それだけでは若干不満そうなあたりが、さすが澤山さんです。大丈夫！　あと一、二年で、次男にも英才教育の効果が表れるにちがいありません。

澤山さんは現在、「コレクターズアイテムの品質管理業務」を担当しているそうです。「アニメ・特撮・ゲームにはあいかわらず接触しています。年末は映画『妖怪ウォッチ』『ベイマックス』を見て泣いてきました」とのことで、楽しみつつ業務に趣味にと邁進《まいしん》されているのがうかがわれます。

亀田真加さんは、「太陽光や風力など、再生可能エネルギーの発電所を建設・運営する事業」と、「空港や有料道路、上下水道など、これまで公共が担《にな》ってきたインフラストラクチャー（社会基盤）を運営する事業」を手がける部門におられます。

取材当時、生後三カ月だったお嬢さんは五歳に！　その後、もう一人娘さんが生まれ、二人のお子さんのお母さんです。「今回、『ふむふむ』を読み返してみて、現場監督時代の記憶が鮮やかによみがえり、本当に楽しい職業だなあと思いました」と、お手紙に書いてくださいました。大きな建造物に関係するお仕事で、「ここもあそこも、私が作ったの」と、あちこちで娘さんたちに自慢できますね！　あ、浄水場とかは部外者立入禁止か……。いや、心の目で見れば問題ない！

松本萌波さんは、二〇一二年にレディースカップ69kg級優勝、二〇一三年全日本選手権63kg級優勝と、活躍なさっています。第一線の選手として競技をつづける日々には、私の想像が及ばない努力と苦悩がおありでしょうけれど、陰ながら声援を送っております！

あと、個人的なことで恐縮ですが、伯父が学生時代にウエイトリフティングをしていたことが判明しました。「なのにどうして、私の垂直跳びは二十センチなんだろう」

と思ったのですが、そういえば伯父さんと血はつながっていなかった。瞬発力ゼロ族は、重力に縛られ今日も生きています……。

小松安友子さんによると、「以前に増して海外からのお客さまが多く、店内にいらっしゃるお客さますべてが外国のかた、ということもしょっちゅうです」とのこと。外国人が好むお土産物は、「大仏さまの置物やマグネット、ポストカードなどの定番に加え、あんこやお餅《もち》のお菓子」で、日本食への関心の高まりがうかがわれます。「購入後、その場で封を開けて、お団子をじっと観察。それから一口召しあがって、『おいしい！』と追加購入してくださるかたもいて、そんなときはうれしいですね」。お団子を観察って、かわいいな……。

小松さんは現在、英語を勉強中。商品や鎌倉について、もっと紹介するためです。「言葉が通じることで、お客さまが安心し、楽しんでお買い物をしていただけるよう努めていきたいと思っています」。長谷の大仏さまのまえに折笠商店があるかぎり、世界中の観光客のあいだで、鎌倉の好感度はアップしつづけることでしょう！

私は、取材時に購入した福耳大仏ボールペンを愛用しています。実は二本目。『ふむふむ』で写真を撮ってくださった坪田カメラマンが、その後、鎌倉土産に二代目を買ってきてくれたのです（むろん、折笠商店で）。使い終えた初代も、棚の目立つ位置で佇立《ちょりつ》しております。ありがたさ満点のインテリアにもなる、福耳大仏ボールペン！

コーカン智子さんも、「七、八割は外国からのお客さまです」とおっしゃっており、やはり海外からの観光客が増えているんですね。「百円土産」はさらにハンドメイド感を強く打ちだし、店頭には外国語の看板やステッカーをつけ、日本語が話せないひとも、気軽に入って買い物をしやすいようにしているそうです。

私が着楽家で購入したイチゴのペンケースは、出張時に文房具を詰めて持ち歩いています。百円なのに、むっちゃ頑丈で軽くて使いやすい！　イチゴのストラップは、どこにつければいいか悩んだすえ、大事に引き出しにしまってあります。さすがに、私にはかわいすぎたか……。

コーカンさんは、旅行業の資格と宅建を取ったそうです。いまは旅行業登録に向けて準備中とのことで、旅好きの血が騒いでおられるもよう。宅建を取得したのは、「東日本大震災の被災者の住宅問題や、土地価格下落、空き家率の増加など、土地に関する話題が多いような気がして、困ってるかたのお役に立てるかもしれない、と思ったから」。なんとフットワーク軽く、自由な魂が感じられる近況でしょうか。お土産屋さんというか、なんでも屋さんに変身しつつあるように見受けられる、コーカンさんなのでした。

国田昌子さんは、編集者としてバリバリ仕事をなさっています。先日も、私は国田さんと仕事で山形へ行き、帰りがけに蔵王《ざおう》温泉の共同浴場に浸《つ》かってきました。ここだけの話、昌子は私などよりもずっと引き締まったナイスバディの持ち主です。おお、恐るべき年齢不詳ぶりよ……！

暗いニュースも多く、先行き不透明な昨今ですが、「そんななかでも、ひとは本を読むのをやめないと思うし、私は少しでも明日に希望が持てるようになる楽しさや、感動を求めて、本を作っていきたいと願っています。私自身、活字に依存しつづけます」と、国田さんはおっしゃっています。私もそういう気持ちを忘れず、書いていければいいなと改めて思いました。あと、ますます原稿が遅れがちになっているので、国田さんに見放されぬよう、心を入れ替えたいです！


生活や仕事が変化したり、変わらずに心を傾けておられることがあったりしつつ、本書に登場していただいたみなさまは、充実した日々を送っているようだ。今回、みなさまの近況をお手紙で知ることができ、「ふむふむ」と耳を傾け、取材をつづけているような、楽しい気持ちになった。

同時に、「私はあまりにも変化がなさすぎじゃないか？」と不安にもなった。あいかわらず、漫画読んで、食べて、たまに仕事して、寝ています。おいおい、「たまに仕事して」を除けば、小学生のころからライフスタイルが変わらないじゃないか！……すみません、「ライフスタイル」などと、かっこいい横文字で言い表すようなもんじゃなかったですね。

しかし、どこから手をつければ、このライフスタイルもとい自堕落暮らしに変化をもたらすことができるのか、皆目わからん。なんにも身に覚えがないのに、気づいたら妊娠していた、というような変化が起こらないかなあ。起こりません。

こうなったらもう、私以外のひとの変化を、「ふむふむ」とひたすらうかがう、「縁側でお茶を飲む隠居老人」戦法で行くほかない！　ご近所のかた、ぜひ話をしにきてください。じゃないと、あまりの変化のなさに、この隠居老人、ぽっくり逝ってしまいます。隠居老人は、みなさまのお話しを採集すべく、たまに外出するよ。耳がダンボになってる不審人物を電車内などで見かけたら、通報のまえに、「ふむふむ？」と声をかけてみてください。「いえす、ふむふみんぐ！（そうです、ふむふむしているところです！）」。

単行本につづき、文庫でも、えすとえむさんに装画を描いていただきました。かわいいアニマルズ！　素敵な女性！　お忙しいなか、本当にどうもありがとうございます。

そして、本書にご登場いただいた十六人のみなさま。お心のこもったお手紙で近況をお知らせいただき、本文の内容も再度確認してくださいましたこと、深く御礼申しあげます。

いろいろなひとと会い、お話しをうかがう楽しさを、『ふむふむ』の仕事を通して知ることができた。本書を読んで、「気になるあのひとに話しかけてみようかな」「身近なひとの話を改めて聞いてみようかな」という気持ちになっていただければ、とてもうれしいです。

二〇一五年二月

三浦しをん

「ふむふむ」にひやひや

髙橋秀実

いまだに日本は男社会である。会社などに取材を申し込むと、要職や責任ある立場に就いているのは男ばかりで、いやおうなしに男にインタビューすることになる。私も男なので、男同士の会話になるわけだが、概して話は弾まない。どこの誰がどうした、どこにこう書いてある、などという表面をなぞるような話か、いかに自分が必要とされているか、その仕事は自分でなければできない、というひとりよがりな自慢話が多く、一向に埒《らち》が明かない。逆に私がインタビューを受ける立場になることもあるのだが、男がインタビュアーだとえてして答えにくい。「では、まず〇〇について」とつぶやいて録音のスイッチを入れ、私の答えを待ったりする。それは質問じゃないだろう、と思いながらも私が〇〇について一生懸命に話をしても反応は鈍く、途中で思わず「俺の話、つまらない？」と確認したくなるくらいなのである。

男と話してもしようがない。

私はしみじみそう感じているので、本書にはとても興味をそそられた。

女性作家、三浦しをんさんによる16人の働く女性たちへのインタビュー集。靴職人、ビール職人、義太夫三味線弾き、動物園飼育係、建設現場監督、フィギュアの企画開発、ウエイトリフティング選手等々、実に多彩な職業の人々が登場する。女性対女性。著者自身が「なんだかちょっと変わっていて愉快なひと（たち）」と評するだけあって、どの会話も大変弾んでおり、皆さん生き生きと自らの仕事ぶりを語っているのだ。

例えば靴職人とのやりとり――。

三浦「工程で一番気持ちいいときって、どの瞬間ですか？」

中村「無駄なく、きれいに型が取れたときが快感ですね」

快不快で仕事を語るので、話が実に明快なのである。開業資金について語っていたかと思うと、いきなり近所のパン屋さんのパンが「値段が高くても美味《おい》しい」という話にスライドしたり、「ものづくりを極めようとしたら、家はちらかる」と迷言が飛び出たり。ペンギンのお尻《しり》に惚《ほ》れて動物園の飼育係になったという女性がいるかと思えば、経歴を語っているうちに「ほんとに、私はなんでここにいるんでしょう」とトボけてみせる女性もいる。義太夫三味線弾きの女性などは、この世界に入る際に不安はなかったかとたずねられると、「『入門に際して、不安なんてありませんでした。芸に一直線でした』と答えることにしています」と質問をいなし、「繰り返し語るうち、本当に自分には不安なんてなかったみたいに思うようになっちゃってたわ、あはは」と過去を塗り替えてしまったりする。様々な漫画家の要望に応《こた》えるアシスタントのプロもなぜか「華やかな仕上げとか苦手」で、建物や車など硬いものを描くのが得意。ゆえにバラも鉄製のようになってしまうと自らを笑い飛ばす。

肩肘《かたひじ》張らずにさらりとその仕事の肝を語る。1日何トンものバーベルをあげているウエイトリフティング選手の言葉を借りれば、「力を出すまえは、一回力を抜かないといけない」。本気で仕事に取り組む人は、インタビューで力んだりしないのである。

やはり女性はすごい……。

男と違って、仕事を勿体《もったい》つけて語らないのだ。

なぜこうなるのだろうか、とあらためて考えるに、おそらくキーワードは「好き」という言葉だろう。三浦さん本人が随時「好き」なことを表明し、相手の「好き」を引き出している。「好き」こそ会話の上手なれ、ということか。例えば、靴職人はもともと靴が「好き」だし、義太夫三味線弾きの女性も「昔から楽器が好き」。漫画アシスタントも「漫画描くのが好きだった」し、フィギュア企画開発の女性も「もともとオタクで、キャラクターが好き」。お土産屋さんも「ひとと話すのが好き」とのことで、建設現場監督の女性は「物理的なことが好き」で、さらには段取りを考えることが「好き」だという。フラワーデザイナーの女性などは子供の頃から「図工の時間が大好き」な上に「父が園芸が好き」「母も華やかで美しいものが好き」らしい。動物園飼育係の女性はフンボルト・ペンギンが「一番好き」なだけではなく「ロバが好き」だと言う。なんでも動物園にいるそのロバの「あの目つきが好き」なのだそうだ。「好き」は仕事と関係があるとは限らない。活版技師の女性はどういうわけか植物が「好き」で、編集者の女性は閉所恐怖症だが「高いところは好き」だとか。ウエイトリフティングの選手などは「並ぶのもけっこう好き」なのだそうで人気のハンバーグ屋さんの行列に並んで食べたりしている。そして私が瞠目《どうもく》したのは大学研究員の女性。大学入学時は有機化学を専攻しようとしたそうなのだが、その理由が、

「ただ単にその先生が好きだったんです（笑）」

とのこと。その後「すごいダンディな先生」に導かれるように生物学（発生学）に転向していったそうである。

みんな「好き」なんだ……。

好きで生きているのだ。「好き」はもともと「吸く」、つまり吸いつくということで、心理状態というより行為である。それゆえ「好き」を中心に語り合うと、会話に躍動感が生まれるのだろう。

そういえば、私はよく女性に「書くことがお好きなんですね？」と訊《き》かれるが、決まって「嫌いです」と答えている。嫌いでも仕事だからやるしかないのだと。大学がモンゴル語学科だったので、「もともとモンゴルがお好きなんですか？」とも訊かれるが、それも「別に好きというわけじゃありません」とうつむいて返答している。こういう受け答えが会話をつまらなくしている。彼女たちを見習って、「昔から書くことが好きでした」「〆切が重なるあの圧迫感がたまらないんです」とか「モンゴル大好き」と言えばよいのか。実際、その道を進んでいるのだから「好き」ともいえなくもないわけで、もしかすると私は「好き」を恐れているのかもしれない。「好き！」と声に出してみると、何やらスッキリするし、「好き」に根拠は必要ないので、話も先に進める。本文から察するに30分に1回くらいは「好き」と言うのがコツで、女性たちはきっとそれを心得ているのだ。

などと学習しながら本書を読み終え、待てよ、と思った。

女性同士の会話というものは一見楽しげではあるが、よくよく聞いてみると、水面下で牽制《けんせい》し合っていたり、実は喧嘩《けんか》をしていたりすることもある。三浦しをんさんのことだから、そうそう素直に相手の話に「ふむふむ」と納得するわけがないような気がして、私は再び冒頭から読み直してみた。すると、仕事とは別の側面が浮かび上がって見えてきたのである。

彼女たちの話にはさりげなく、理解のある夫、見守る両親や上司、あるいはいつも傍にいてくれる動物などが織り込まれている。それは、三浦さんが「わあ、すごい！」と食いついたところで、ぽんと明かされたりもする。引きつけて相手が出てきたところに打つ。ボクシングでいうなら、まるでカウンター攻撃ではないか。

もしかすると彼女たちは仕事ではなく、愛を語っているのではないだろうか。仕事に情熱を傾けている、というより誰かに愛されていると。だから肩の力を抜いてさわやかに仕事を語れるのであり、さらにはその語りぶりを通じて、愛があれば仕事は何でもいいのよ、と著者に突きつけているのではないのだろうか。そう考えると寸止めの真剣勝負が展開しているようで、私は身震いがした。

愛のない話はつまらないが、愛の話はうなずくしかない。これから女性にインタビューする時は、この点に注意し、テーマよりまず愛の来《こ》し方を確認することにしよう。いずれにしても私は男でよかった。男同士の話は埒こそ明かないが気楽だし、男なら女性同士の会話はしなくて済むので。

（「波」二〇一一年七月号より加筆再録、ノンフィクション作家）

本書は平成二十三年六月、新潮社より刊行された。

三浦しをん著
格闘する者に○《まる》

漫画編集者になりたい――就職戦線で知る、世間の荒波と仰天の実態。妄想力全開で描く格闘の日々。才気あふれる小説デビュー作。

三浦しをん著
しをんのしおり

気分は乙女？　妄想は炸裂！　色恋だけじゃ、ものたりない！　なぜだかおかしな日常がドラマチックに展開する、ミラクルエッセイ。

三浦しをん著
人生激場

世間を騒がせるワイドショー的ネタも、なぜかシュールに読みとってしまうしをん的視線。乙女心の複雑パワー、妄想全開のエッセイ。

三浦しをん著
秘密の花園

それぞれに「秘めごと」を抱える三人の女子高生。「私」が求めたことは――痛みを知ってなお輝く強靭な魂を描く、記念碑的青春小説。

三浦しをん著
私が語りはじめた彼は

大学教授・村川融をめぐる女、男、妻、娘、息子……それぞれの「私」は彼に何を求めたのか。人間関係の危うさをあぶり出す、連作長編。

三浦しをん著
夢のような幸福

物語の萌芽にも似て脳内妄想はふくらむばかり。読書漫画映画旅行家族趣味嗜好――濃厚風味の日常エッセイは、癖になる味わいです。

三浦しをん著
乙女なげやり
日常生活でも妄想世界はいつもハイテンション。どんな悩みも爽快に忘れられる「人生相談」も収録！　脱力の痛快ヘタレエッセイ。

三浦しをん著
風が強く吹いている
目指せ、箱根駅伝。風を感じながら、たすき繋いで、走り抜け！　「速く」ではなく「強く」――純度100パーセントの疾走青春小説。

三浦しをん著
桃色トワイライト
乙女でニヒルな妄想に爆笑、脱力系ポリシーに共感。捨てきれない情けなさの中にこそ愛おしさを見出す、大人気エッセイシリーズ！

三浦しをん著
きみはポラリス
すべての恋愛は、普通じゃない――誰かを強く大切に思うとき放たれる、宇宙にただひとつの特別な光。最強の恋愛小説短編集。

三浦しをん著
悶絶スパイラル
情熱的乙女(?)作家の巻き起こす爆笑の日常。今日も妄想アドレナリンが大分泌！　中毒患者急増中の抱腹絶倒・超ミラクルエッセイ。

三浦しをん著
天国旅行
すべてを捨てて行き着く果てに、救いはあるのだろうか。生と死の狭間から浮き上がる愛と人生の真実。心に光が差し込む傑作短編集。

新潮文庫最新刊

畠中恵著
けさくしゃ
命が脅かされても、書くことは止められぬ。それが戯作者の性分なのだ。実在した江戸の流行作家を描いた時代ミステリーの新機軸。

伊坂幸太郎著
あるキング
―完全版―
本当の「天才」が現れたとき、人は〝それ〟をどう受け取るのか――。一人の超人的野球選手を通じて描かれる、運命の寓話。

恩田陸著
私と踊って
孤独だけど、独りじゃないわ――稀代の舞踏家をモチーフにした表題作ほかミステリ、SF、ホラーなど味わい異なる珠玉の十九編。

高井有一著
この国の空
谷崎潤一郎賞受賞
戦争末期の東京。十九歳の里子は空襲に怯えながらも、隣人の市毛に惹かれてゆく。戦時下で生きる若い女性の青春を描く傑作長編。

平山瑞穂著
遠すぎた輝き、今ここを照らす光
たとえ思い描いていた理想の姿と違っていても、今の自分も愛おしい。逃げたくなる自分の背中をそっと押してくれる、優しい物語。

池内紀
川本三郎
松田哲夫編
日本文学100年の名作 第9巻
1994-2003 アイロンのある風景
新潮文庫創刊一〇〇年記念第9弾。吉村昭、浅田次郎、村上春樹、川上弘美に吉本ばなな――。読後の興奮収まらぬ、三編者の厳選16編。

新潮文庫最新刊

ふむふむ
―おしえて、お仕事！―

新潮文庫　み－34－13

平成二十七年五月一日発行

著者　三《み》浦《うら》しをん

発行者　佐藤隆信

発行所　株式会社新潮社

郵便番号　一六二―八七一一
東京都新宿区矢来町七一
電話 編集部(〇三)三二六六―五四四〇
読者係(〇三)三二六六―五一一一
http://www.shinchosha.co.jp

価格はカバーに表示してあります。

乱丁・落丁本は、ご面倒ですが小社読者係宛ご送付ください。送料小社負担にてお取替えいたします。

印刷・大日本印刷株式会社　製本・株式会社大進堂

ISBN978-4-10-116763-3　C0195